COMO DE LA FAMILIA

Paolo Giordano

COMO DE LA FAMILIA

Traducción del italiano de
Carlos Mayor

salamandra

Esta novela es un fragmento de una historia auténtica y dolorosa, reelaborada literariamente. Las desviaciones de la realidad no alteran de forma significativa la esencia de los personajes en los que se inspira.

Título original: *Il nero e l'argento*

Fotografía de la cubierta: © Mirjan van der Meer

Copyright © Paolo Giordano, 2014
Copyright de la edición en castellano © Ediciones Salamandra, 2015

Gilles Deleuze y Félix Guattari, «1914. ¿Uno solo o varios lobos?», en *Mil mesetas. Capitalismo y esquizofrenia*, trad. de José Vázquez Pérez con la colaboración de Umbelina Larraceleta. Pre-Textos, Valencia, 1988, pág. 41.

Publicaciones y Ediciones Salamandra, S.A.
Almogàvers, 56, 7º 2ª - 08018 Barcelona - Tel. 93 215 11 99
www.salamandra.info

ISBN: 978-84-9838-652-3
Depósito legal: B-5.018-2015

1ª edición, marzo de 2015
Printed in Spain

Impresión: Romanyà-Valls, Pl. Verdaguer, 1
Capellades, Barcelona

A la chica con la que salgo

¿Qué quiere decir amar a alguien? Captarlo siempre en una masa, extraerlo de un grupo, aunque sea restringido, del que forma parte, aunque sólo sea por su familia o por otra cosa; y después buscar sus propias manadas, las multiplicidades que encierra en sí mismo, y que quizá son de una naturaleza totalmente distinta.

GILLES DELEUZE y FÉLIX GUATTARI,
Mil mesetas

La señora A.

El día en que cumplí treinta y cinco años, la señora A. renunció de repente a la terquedad que, en mi opinión, la definía más que cualquier otra característica y, tendida en una cama que parecía exagerada para su cuerpo, abandonó por fin el mundo que conocemos.

Aquella mañana había ido al aeropuerto a recoger a Nora, que regresaba de un breve viaje de trabajo. Aunque estábamos en pleno mes de diciembre, el invierno se retrasaba, y las monótonas llanuras que había a los lados de la autopista palidecían bajo una fina capa de niebla, en un remedo de la nieve que no se decidía a caer. Nora cogió el teléfono y no habló mucho, se dedicó sobre todo a escuchar.

—Entendido, muy bien, el martes, sí —dijo en un momento dado, y luego añadió una de esas frases que nos proporciona la experiencia para poner remedio, cuando surge la necesidad, a la falta de palabras adecuadas—: Puede que haya sido lo mejor.

Me metí en la siguiente área de servicio para que pudiera bajar del coche y caminar sola hasta un punto indeterminado del aparcamiento. Lloraba quedamente, cubriéndose la cara con la mano derecha ahuecada para taparse la boca y la nariz. Entre las innumerables cosas que he descubierto de mi mujer en diez años de matrimonio está el vicio de aislarse en los momentos de dolor. Se vuelve inaccesible en un abrir y cerrar de ojos, no permite que nadie la consuele, y me obliga a quedarme allí plantado, espectador inútil de su sufrimiento; es una reticencia que alguna vez he confundido con la falta de generosidad.

Durante el resto del trayecto conduje más despacio, me pareció una forma razonable de mostrar respeto. Hablamos de la señora A., evocando alguna que otra anécdota del pasado, aunque por lo general no se trataba de auténticas anécdotas (no teníamos ninguna protagonizada por ella), a lo sumo de costumbres, costumbres tan arraigadas en nuestra vida familiar que las considerábamos legendarias: la puntualidad con la que todas las mañanas nos ponía al tanto del horóscopo que había oído por la radio mientras nosotros aún dormíamos; aquella forma de apropiarse de determinadas zonas de la casa, en especial de la cocina, hasta tal punto que nos daba por pedirle permiso para abrir nuestra propia nevera; las máximas con las que ponía freno a lo que, según ella, eran complicaciones inútiles que creábamos los jóvenes; su paso marcial, masculino, y también su tacañería incorregible.

—¿Te acuerdas de aquella vez que nos olvidamos de dejarle el dinero de la compra? Vació el tarro de la calderilla y aprovechó hasta el último céntimo.

Después de unos minutos de silencio, Nora añadió:

—Pero... ¡qué mujer nuestra Babette! Siempre presente. Esta vez incluso ha esperado a mi vuelta.

No quise señalar que acababa de excluirme sin más del esquema general de las cosas, y tampoco tuve el valor de confesarle lo que estaba pensando en aquel preciso instante: que la señora A. había esperado al día de mi cumpleaños para dejarnos. En realidad, los dos estábamos fabricándonos un pequeño consuelo personal. Ante la muerte de alguien cercano, no nos queda sino inventar atenuantes, atribuir al difunto un último detalle de cortesía que quiso reservar precisamente para nosotros, disponer las coincidencias de acuerdo con un plan que les dé sentido. Sin embargo, hoy, con la frialdad inevitable que otorga la distancia, me cuesta creer que de verdad sucediera así. El sufrimiento había alejado a la señora A. de nosotros, de todo el mundo, mucho antes de aquella mañana de diciembre; la había empujado a andar hasta un rincón apartado del mundo (igual que Nora se había alejado de mí en el área de servicio de la autopista), desde donde nos daba la espalda a todos.

La llamábamos así, Babette. El apodo nos gustaba porque sugería cierto grado de pertenencia, y a ella

13

también porque era del todo suyo y parecía una caricia, con esa cadencia francesa. Creo que Emanuele no llegó a entender qué significaba, puede que un día se tropiece con el cuento de Karen Blixen, o más probablemente con la película, y entonces ate cabos. No obstante, aceptó de buen grado que la señora A. se convirtiera en Babette a partir de un momento determinado, su Babette, y sospecho que relacionaba el mote con las babuchas, por la coincidencia de las primeras letras; las babuchas que se ponía su niñera nada más entrar en casa, como primerísimo gesto, y que volvía a dejar perfectamente alineadas junto al arcón del vestíbulo al terminar la jornada. Cuando un día, tras percatarse del estado lamentable de las suelas, Nora le compró unas babuchas nuevas, las confinó al trastero y nunca las utilizó. Así era ella, jamás modificaba nada, más bien se oponía a los cambios en cuerpo y alma, y, aunque su tozudez resultara cómica, a veces incluso tonta, no puedo negar que nos gustaba. En nuestra vida, en la vida de Nora, Emanuele y mía, que por aquel entonces parecía revolucionarse a diario y se tambaleaba peligrosamente al viento como una planta joven, la señora A. era un elemento fijo, un refugio, un árbol viejo de tronco tan ancho que no había forma de rodearlo con tres pares de brazos.

Se transformó en Babette un sábado de abril. Emanuele ya hablaba, pero todavía se sentaba en la trona, así que debió de suceder hace cinco o quizá seis años. La señora A. había insistido durante meses para que fuéramos a comer a su casa al menos una vez. Nora y yo, expertos en declinar las invitaciones que olieran, aunque fuera levemente, a reunión familiar, nos habíamos escaqueado en repetidas ocasiones, pero ella no se desanimaba y todos los lunes llegaba dispuesta a convocarnos de nuevo para el fin de semana siguiente. Acabamos por rendirnos. Fuimos en coche hasta Rubiana en un estado de extraña concentración, como preparándonos para hacer algo poco espontáneo que fuera a requerir un gran esfuerzo. No estábamos acostumbrados a sentarnos a la mesa con la señora A. Aún no. A pesar del trato cotidiano, pervivía entre nosotros una relación implícitamente jerárquica según la cual, a lo sumo, mientras comíamos y hablábamos de nuestras cosas ella se quedaba allí de pie, ocupada en algo. Incluso es posible que por aquel entonces todavía no nos tuteáramos.

—Rubiana —dijo Nora, observando perpleja la colina cubierta por el bosque—. Imagínate pasar toda la vida aquí.

Visitamos el piso de tres habitaciones en el que transcurría la solitaria viudez de la señora A. y nos deshicimos en cortesías exageradas. La información que teníamos sobre su pasado era escasa (Nora conocía apenas algún detalle más que yo) y, al no poder atribuir un sentido afectivo a lo que veíamos, el ambiente nos pareció ni más ni menos que el de una casa de una pomposidad inútil, un poco *kitsch* y muy limpia. La señora A. había puesto la mesa redonda del cuarto de estar impecablemente, con la cubertería de plata alineada sobre un mantel de flores y unas pesadas copas de borde dorado. El almuerzo en sí, pensé, parecía un pretexto para justificar la existencia de aquella vajilla, que a todas luces llevaba años sin usarse.

Nos sedujo con un menú estudiado para ofrecer una síntesis de nuestras preferencias: sopa de farro y lentejas, chuletas en escabeche, hinojo gratinado con una bechamel ligerísima y también una ensalada de hojas de girasol cogidas por ella misma, picadas muy finas y aliñadas con mostaza y vinagre. Aún tengo presentes todos los platos y la sensación física de abandonar gradualmente la rigidez inicial para dejarme llevar ante aquellos placeres culinarios.

—¡Es como Babette! —exclamó Nora en un momento dado.

—¿Como quién?

Entonces le contamos la historia, y la señora A. se emocionó al verse en la piel de la cocinera que había dejado el Café Anglais para servir a dos solteronas y luego se había gastado todo su dinero para prepararles una cena inolvidable. Se tapó los ojos con el borde del delantal, y de repente nos dio la espalda y fingió que recolocaba algo.

Tardé años en volver a verla llorar, aunque en esa otra ocasión sus lágrimas no eran de alegría, sino de terror. Por entonces teníamos la suficiente confianza para que no se incomodara cuando le cogí la mano y le dije:

—Puedes salir de ésta. Mucha gente se deja vencer, pero tú conoces la enfermedad porque ya la has afrontado una vez. Eres lo bastante fuerte.

Y lo creía de verdad. Luego la vi desintegrarse tan deprisa que no tuvimos ni siquiera la oportunidad de despedirnos adecuadamente, ni el tiempo de encontrar las palabras más indicadas para expresar lo que había significado para nosotros.

El ave del paraíso (I)

El fin llegó con rapidez, pero lo había anunciado un presagio, o al menos de eso quiso convencerse la señora A. durante sus últimos meses, casi como si una advertencia pudiera dar sentido a lo que, en realidad, era una simple desgracia.

En las postrimerías del verano, un año y medio antes de su entierro, trabaja en el huerto de detrás de su edificio. Está arrancando las plantas de las judías verdes, ya inservibles, para hacer sitio a las berzas, cuando un pájaro viene a posarse a pocos pasos de ella, encima de una de las piedras que delimitan el rectángulo de su propiedad.

La señora A., inclinada sobre sus sesenta y ocho años, que sin embargo aún la sostienen, se queda inmóvil para no asustarlo, y el pájaro le dirige una mirada inquisidora. Nunca había visto un ejemplar como ése. Tiene más o menos las dimensiones de una urraca, pero con unos colores completamente distintos: debajo de la cabeza surgen unos retazos amarillo limón que le invaden el pecho y se pierden entre el plumaje azul de las alas y la espalda; una larga cola de plumas blancas, semejantes a filamentos de algodón, se curva en el extremo como si fuera un anzuelo. No parece alterado por la presencia humana, al contrario: la señora A. tiene la impresión de que se ha posado allí para dejarse admirar. Se le acelera el corazón, no se explica por qué, y casi se le doblan las rodillas. Se pregunta si será una rara y preciada especie tropical, y si tal vez se ha escapado de la jaula de un coleccionista: no existen ejemplares así por la zona de Rubiana. Aunque de hecho, que ella sepa, en Rubiana no hay ningún coleccionista de animales.

De repente, el pájaro dobla la cabeza hacia un lado y empieza a acicalarse un ala con el pico. Sus movimientos tienen algo de pícaro. No, de pícaro no, más bien... ¿Cómo se diría? De altivo, eso. Terminada la limpieza, vuelve a clavar sus ojos negrísimos en los de la señora A. Las alas, pegadas al cuerpo, se estremecen por un instante, y el pecho se hincha con dos respiraciones muy lentas. Al final, despega de la piedra sin hacer ruido y levanta el vuelo. La señora A. sigue su trayectoria, protegiéndose del sol con la mano. Le gustaría continuar mirándolo, pero el pájaro desaparece enseguida entre las encinas del terreno limítrofe.

Por la noche, la señora A. soñó con aquella especie de papagayo que se había posado en su huerto. Cuando me lo contó ya estaba muy enferma, y en aquel punto resultaba imposible distinguir los elementos objetivos de los que habían sido alterados o incluso habían surgido de la mera sugestión. Sin embargo, creo que sí es cierto que, a la mañana siguiente, buscó una imagen del pájaro en un libro sobre la fauna del valle de Susa que tenía en casa, porque ese libro me lo enseñó. Y también que, al no encontrarla, decidió visitar a un pintor amigo suyo, apasionado de la ornitología, ya que me contó todos los detalles de aquella visita.

De la naturaleza de su relación con el pintor no llegué a entender gran cosa. No parecía sentirse cómoda hablando del tema, quizá por pudor, ya que era un artista conocido (sin duda, la persona más famosa con la que había tratado desde la desaparición de Renato), o tal vez por simple recelo. Sé que esporádicamente cocinaba para él o le hacía algún recado, pero en el fondo era para ese hombre una especie de dama de compañía, una amiga con la que mantenía una relación casta. Tengo la impresión de que se veían más de lo que ella daba a entender. Todos los domingos, después de misa, la señora A. lo visitaba y se quedaba con él hasta la hora de comer. La casa del pintor, con unas hayas altísimas que la ocultaban y una fachada de un rojo intenso, estaba bastante cerca de su piso, a apenas tres minutos en coche o diez a pie por una larga calle asfaltada que describía media circunferencia.

El pintor era enano: ella no tenía reparo en llamarlo así, e incluso pronunciaba esa palabra con un aire de crueldad satisfecha. Después de tantos años, según me confesó, seguía pensando estupideces sobre él; por ejemplo, seguía preguntándose cómo sería no tocar nunca el suelo con los pies estando sentado. Y le miraba siempre las manos, aquellos dedos regordetes y un poco ridículos que, sin embargo, eran capaces de hacer maravillas. Era el único hombre al que la señora A., con su metro sesenta escaso, superaba en estatura. Aun así, proyectaba una fascinación tan grande y tan densa que al final siempre era ella quien se sentía superada. Pasar el rato a su lado, sentarse en el salón destinado a taller, entre los cuadros y los marcos, le recordaba los tiempos en que Renato la llevaba con él a inspeccionar sótanos y desvanes en busca de alguna pieza rara y olvidada.

—Sería una abubilla —aventuró el pintor aquella mañana de finales de agosto.

Era un hombre arisco y con los años había empeorado mucho, pero la señora A. se había acostumbrado a no hacerle caso. En otros tiempos, según me contó, aquella casa era un ir y venir de galeristas, amigos y modelos desnudas. Ahora pasaban por allí únicamente cuatro mujeres que hacían turnos para atenderlo; eran extranjeras, y ninguna lo bastante guapa como para inmortalizarla en un lienzo. La señora A. sabía que se pasaba casi todo el día rememorando el pasado, que ya casi no pintaba, que estaba solo. Igual que ella.

—Como si no supiera qué aspecto tiene una abubilla. No tiene nada que ver —replicó, tajante.

De un saltito, el pintor bajó de la butaca y desapareció en la habitación contigua. La señora A. se puso a inspeccionar el salón con la mirada, aunque lo conocía perfectamente. Su cuadro preferido estaba allí, en el suelo, aún por terminar. Representaba a una mujer desnuda sentada a una mesa, con unos bellos pechos apenas divergentes y unos pezones anchos de un rosa mucho más intenso que la piel de alrededor. Delante de ella, había cuatro melocotones de un rojo vivo y un cuchillo con el que tal vez tenía la intención de pelarlos. Pero no se decidía. Se había quedado inmóvil eternamente, esperando el momento propicio.

—Era su mejor cuadro. Pues bien, aquel día me lo acabó allí mismo, delante de mis ojos, en media hora. Me dijo: «¿Has venido en coche? Entonces puedes llevártelo.» Lo hizo por compasión, seguro. Si se lo hubiera pedido, no me lo habría regalado. Pero es que había entendido lo que pasaba. Antes que nadie, antes que los médicos. Lo había entendido por lo del pájaro. Volvió al salón con una carpeta de piel y me la puso en el regazo. «¿Es éste?», me preguntó. Lo reconocí al instante, con aquellas plumas blancas vueltas hacia atrás. Él no había visto ninguno desde hacía años, como mínimo desde el setenta y uno. Creía que habían desaparecido. Y, sin embargo, el ave del paraíso había venido directa hacia mí. La llaman así, «ave del paraíso», pero es un pájaro de mal agüero. Le dije: «Nosotros dos ya estamos viejos. ¿Qué puede hacernos el mal augurio?» Si hasta se me había roto un espejo unos días antes. Ay, pero el pintor se puso hecho una furia. «Pero ¡qué espejo ni qué espejo! —gritaba—. ¡Ese pájaro anuncia la muerte!»

• • •

Una vez pregunté a Nora si había llegado a creerse de verdad la historia del augurio. Me devolvió la pregunta:

—¿Y tú?

—No, evidentemente.

—Pues yo sí, evidentemente. Me imagino que siempre existirá esa diferencia entre los dos.

Era por la noche, tarde, Emanuele dormía y nosotros estábamos recogiendo la cocina con calma. Habíamos dejado encima de la mesa una botella de vino abierta, casi por la mitad.

—¿Qué es lo que más echas en falta de ella? —dije.

No tuvo necesidad de reflexionar, era evidente que ya había meditado la respuesta.

—Echo de menos la forma que tenía de darnos ánimo. La gente es muy avara con el ánimo. Sólo quieren asegurarse de que tengas aún menos que ellos. —Nora hizo una larga pausa. Aún no sé si sus pausas son espontáneas o si, en cambio, las calcula cuidadosamente, como una actriz. Entonces añadió—: Ella no, ella siempre nos apoyaba de verdad.

—Nunca me has contado de qué hablabais tanto rato mientras tuviste que hacer reposo en la cama.

—¿Hablábamos mucho?

—Muchísimo.

Bebió un trago de vino directamente de la botella. Sólo se permite ser maleducada por la noche, cuando estamos solos, como si el cansancio y la intimidad la desinhibieran. Se le quedó un rastro rojo y oscuro en los labios.

—Era ella la que hablaba —aseguró—, yo escuchaba. Me contaba cosas de Renato, lo metía en cualquier asunto, como si siguiera vivo. Estoy segura de que, cuando estaba sola en casa, hablaba en voz alta con él. Me confesó que aún ponía su cubierto en la mesa, después de tantos años. Siempre he pensado que era muy romántico. Romántico y un poco patético. Pero todo lo que es muy romántico también es patético, ¿no?

Nora y yo nos empeñábamos en mantener conversaciones así casi todas las noches, sobre todo durante los primeros meses tras la muerte de la señora A. Era la estrategia que habíamos ideado para no sucumbir a las incertidumbres: volver sobre lo mismo una y otra vez, diluirlas en el diálogo, hasta que teníamos la impresión de sacar sólo aire limpio por la boca. La señora A. era el único testigo verdadero de la empresa que acometíamos día tras día, el único testigo del vínculo que nos unía, y cuando nos hablaba de Renato era como si quisiera apuntar algo sobre nosotros, pasarnos las claves de una relación absoluta e incorrupta, aunque también desafortunada y breve. Para recorrer un largo camino, todo amor necesita que alguien lo vea y lo reconozca, que lo valore; de otro modo, se arriesga a que lo tomen por un malentendido. Sin su mirada, nos sentíamos en peligro.

Al final, llegamos tarde al entierro. Estábamos listos a la hora indicada, pero luego nos entretuvimos con alguna tarea intrascendente, como si lo que nos esperaba fuera un compromiso que había que despachar como tantos otros. Emanuele estaba especialmente inquieto, caprichoso, no dejaba de hacer preguntas concretas sobre lo que significaba ir al cielo, sobre la imposibilidad de que una persona no regresara. Eran preguntas cuyas respuestas conocía, dudas ficticias con las que daba aliento a la excitación (el primer entierro: ¿no es eso motivo de estupor para un niño?), pero nosotros no teníamos demasiadas ganas de seguirle la corriente. No le hicimos caso.

Por el camino, la disgregación familiar se completó. Nora me acusaba de haber escogido el trayecto más largo, y yo me dediqué a enumerar todas las tareas inútiles con las que se había entretenido antes de salir; maquillarse, por ejemplo, como si a un entierro hubiera que ir maquillada. Si la señora A. hubiera estado allí con nosotros, habría sacado a relucir alguna sentencia de su colección y nos habría hecho callar; en cambio, en aquel momento, nos esperaba serena y protegida con madera de pino para empezar la ceremonia.

Entramos muy avergonzados en la iglesia, donde se había congregado más gente de la que esperaba. De la homilía escuché poco, agobiado por la preocupación que suponía haber aparcado a toda prisa en una calle estrecha. Me imaginaba que algún transporte público, uno de esos autocares de provincias, esperaba encajado detrás de mi coche, con los pasajeros en la acera preguntándose quién sería el idiota que los había dejado allí tirados, pero no me decidía a salir a mirar. Evitamos los abrazos finales porque no había nadie a quien pudiéramos consolar con nuestra presencia, y tal vez porque sentíamos que éramos nosotros quienes teníamos derecho al consuelo.

Emanuele quería seguir al féretro hasta la tumba. Nos pareció un capricho, una curiosidad tonta, de modo que no le dejamos. Un entierro no es cosa para niños, y aquél en concreto no era cosa para nosotros. Hay situaciones que deben dejarse para la intimidad de la familia, de los amigos íntimos, ¿y quiénes éramos nosotros para la señora A.? Los dueños de la casa donde trabajaba, no mucho más. La muerte recompone los papeles según un orden de importancia formal, zurce al instante los desgarrones de las reglas afectivas que uno se ha permitido en vida, y poco importaba que Emanuele fuera lo más parecido a un nieto para la señora A., o que a nosotros, a Nora y a mí, nos gustara considerarnos sus hijos adoptivos. No lo éramos.

Los huérfanos

Fue su propensión a cuidar de los demás, casi religiosa (o quizá tristemente accidental), la que la condujo hasta nosotros en un principio. Cuando el embarazo de Nora resultó no ser el cuento de hadas que nos habíamos imaginado y el feto empezó a mostrar ganas de salir en la semana veinticuatro, le pedimos ayuda, ya que sabíamos que estaba libre desde el día en que mi suegro se había dado cuenta de que podía sobrevivir sin servicio doméstico. Estando mi mujer inmovilizada en la cama, tuve que enseñarle yo la casa y apañármelas para explicarle detalles que no conocía del todo bien: dónde echar el suavizante y dónde el detergente, cómo cambiar las bolsas de la aspiradora y con qué frecuencia regar las plantas del balcón. No íbamos ni siquiera por la mitad de la visita turística cuando la señora A. me interrumpió:

—¡Bueno, bueno, váyase! Váyase y no se preocupe de nada.

Por la tarde, cuando volvía del trabajo, me la encontraba sentada a la cabecera de la cama, al lado de Nora, como un perro guardián con las orejas tiesas. Charlábamos, pero la señora A. ya se había puesto los anillos, había prendido el broche en el centro de su rebeca y tenía el abrigo listo sobre los hombros. Al verme, se levantaba con la energía de quien no está en absoluto cansado, y luego me escoltaba hasta la cocina para darme instrucciones sobre los platos que había preparado para cenar, sobre cómo calentarlos de forma que no perdieran su jugo y sobre dónde dejar después los cacharros usados.

—No se moleste en fregar, ya me encargaré yo mañana —añadía siempre.

Al principio la desobedecía, pero, cuando me di cuenta de que al día siguiente repasaba igualmente todo lo que había lavado, me rendí a su imperio.

Tal infalibilidad acabó resultando molesta a veces, y ella, difícil de soportar, con todas sus certezas y sus sentencias ricas en sentido común y pobres en originalidad. Después de haber pasado una buena parte del día con la señora A., Nora solía descargar contra ella la frustración de llevar varias semanas encarcelada en la cama.

—¡Es una pesada! —se quejaba—. ¡Una pesada y sobre todo una pedante!

El período en que nos habíamos visto obligados a encomendarnos a los cuidados de otra persona (cuidados que dudábamos poder encontrar y merecer todavía) fue el mismo en que pusimos a punto los primeros subterfugios para eludirlos.

Había un restaurante al que Nora y yo íbamos de vez en cuando, aunque en realidad no era un restaurante propiamente dicho, sino una simple pescadería que por las noches sacaba algunas mesas estrechas con manteles y cubiertos de plástico, y servía frituras de pescado en bandejas de aluminio. Habíamos tropezado con aquel local al poco de casarnos, y desde entonces nos lo habíamos apropiado. Antes de empezar a aventurarme con mi mujer hasta aquel rincón del extrarradio, ni siquiera me gustaban los crustáceos y los moluscos (antes de estar con Nora, no me gustaban muchas de esas cosas), aunque me encantaba mirarla mientras se los comía; me encantaba la concentración que ponía en pelar las gambas para luego ofrecerme la mitad e insistir hasta que la aceptara, me encantaba su forma de sacar los caracoles de mar del caparazón, y cómo se chupaba los dedos entre plato y plato. Hasta que el restaurante cerró no hacía mucho y nos privó de otro punto de referencia, secundario pero esencial: la pescadería era el escenario de uno de nuestros ritos más íntimos y tribales. Las conversaciones importantes, los anuncios cruciales, los brindis por nuestras efemérides secretas siempre tuvieron lugar allí. Al salir, la ropa estaba impregnada del olor a fritanga (también el pelo de Nora), y nos llevábamos aquel rastro a casa, como señal de las decisiones tomadas, de las verdades alcanzadas.

La señora A. se opuso a que Nora, en su estado, probara ni siquiera un bocado de «esas cosas», como las llamó después de inspeccionar, frunciendo el ceño como un oficial de aduanas, el contenido de los paquetes de comida para llevar que yo había ido a buscar a la pescadería.

—Y usted tampoco —añadió, señalándome con el índice—. Ya he preparado un pastel de carne.

Hizo un fardo con los cuarenta euros de pescado frito y se encargó personalmente de que acabaran en el cubo de la basura de la calle.

Sin embargo, aprendimos a engañarla. Cuando Nora manifestaba unas ganas irresistibles de anillos de calamar o sepia rebozada, yo visitaba en secreto nuestro restaurante y luego dejaba el paquete escondido en el coche, hasta que la señora A. se había ido. A fin de no levantar sospechas, tirábamos a la basura una parte suficiente de la cena que nos había preparado.

—¿Crees que notará el olor a fritanga? —se preocupaba Nora.

Entonces yo hacía una ronda por todas las habitaciones echando ambientador con aroma a cítricos, mientras ella me rogaba que no la hiciera reír, porque iba a tener contracciones.

—¡Enséñame los dientes, a ver si se te ha quedado algún trozo de gamba! —le ordenaba.

—Pero ¡si no me repasa la boca!

—¡Ésa lo ve todo!

Después le daba un beso en los labios y le deslizaba una mano por el escote para sentir el calor de debajo del camisón. Buscábamos juntos grietas de sombra en las que meternos, al abrigo de la mirada omnipresente de Babette, que desde lo alto lo iluminaba todo, como el sol en su cénit.

• • •

Cuando nació Emanuele, estábamos ya demasiado viciados para renunciar a sus atenciones. De enfermera de Nora, la señora A. pasó a ser la niñera de nuestro hijo, como si existiera una continuidad natural entre ambas ocupaciones. Y, aunque hasta entonces nunca se había ocupado de un recién nacido, demostró desde un principio que tenía muy claro, mucho más que nosotros, lo que se hacía y dejaba de hacerse.

Su retribución repercutía en la economía familiar, pero no todo lo que habría podido: no llevaba la cuenta exacta del tiempo que nos dedicaba, y me parece que nunca llegamos a acordar un tanto por hora. Los viernes aceptaba sin protestar la suma que considerábamos apropiada, calculada por Nora de acuerdo con una tabla misteriosa y bastante flexible. Todos los días laborables, durante más de ocho años, la señora A. se presentaba en la puerta de casa por la mañana, a la hora decidida en cada ocasión, y llamaba siempre al timbre antes de abrir con su propio juego de llaves para no sorprendernos en un momento de intimidad. A veces ya se había encargado de la compra, y en esos casos sacaba enseguida la cuenta y se quedaba de pie, inmóvil, hasta que le reembolsábamos la suma íntegra.

El primer día de guardería de Emanuele, estábamos presentes Nora y yo, y estaba presente la señora A. El primer día de primaria, en cambio, sólo admitían a dos adultos por niño, de modo que me tocó a mí quedarme fuera. Cuando alguien se equivocaba y llamaba «abuela» a su Babette, Emanuele no lo corregía. La señora A. creía tener en sus manos ni más ni menos que el delicado corazón de su niño, y estaba en lo cierto.

Por lo tanto, es fácil imaginar nuestra desilusión, nuestro desconcierto, cuando, a principios de septiembre de 2011, en un momento en que nos hace más falta que nunca para organizar la vuelta al colegio, la señora A. nos anuncia su firme intención de no volver.

—¿Puedo preguntarte por qué? —le dice Nora, en ese instante más molesta que apenada.

En el trabajo siempre hay normas que respetar: los preavisos, las cartas de dimisión enviadas por correo, la lealtad a la palabra dada.

—Porque estoy cansada —contesta la señora A., pero por el tono parece más bien resentida.

La llamada concluye con mucha prisa: ocho años de colaboración, casi podría decirse que de convivencia, liquidados con la vaga excusa del cansancio.

Y es cierto que no vuelve. De los tres, Emanuele es el único que todavía no ha aprendido que, en las relaciones humanas, nada dura para siempre. Y también el único que no sabe que eso no supone por fuerza un inconveniente, pero en este trance en concreto, al tener que comunicarle que, de golpe y porrazo, su niñera ha decidido no seguir ocupándose de él, resulta difícil destacar elementos positivos, por lo que

Nora y yo nos lo tomamos con calma y no le decimos nada. Al cabo de una semana, nos interroga él directamente:

—Pero ¿cuándo va a volver Babette?

—De momento no puede venir. Ahora ve a ponerte el pijama.

Y, sin embargo, nosotros, ofendidos y asustados ante la gestión doméstica que de repente nos ha caído encima, nos preguntamos qué ha sucedido en realidad, cuál ha sido nuestro error. Lo hablamos una y otra vez, como dos huérfanos. Al final, identificamos la que nos parece la causa más probable del amotinamiento de la señora A. Unos diez días antes de su anuncio, apareció una hoja escrita a mano con letra de imprenta en el interfono de nuestro edificio. La señora que alquila el garaje contiguo al nuestro animaba al anónimo conductor que le había abollado el portón eléctrico a tener valor y dar la cara. El cartel permaneció allí, desatendido, arrugándose al viento. Nora me juró que no tenía nada que ver con aquella historia, aunque yo sabía que estaba en los primeros puestos de la lista de sospechosos, no sólo por la ubicación de los garajes, sino por su forma de conducir, irreverente y con frecuencia descontrolada. Además de nosotros dos, la única que aparcaba allí era la señora A. Para no dilapidar cada día montañas de monedas en el parquímetro, aprovechaba el espacio que yo dejaba libre por la mañana. Le pregunté si por casualidad no habría sido ella la que había dado un golpe al portón de la vecina; era algo plausible, desde luego nada grave y, de todos modos, la reparación habría corrido de mi cuenta.

«Huy, no. ¿Cómo voy a haber sido yo? Ésa lo habrá roto sola. Con ese pedazo de coche que tiene...», se limitó a decir, casi sin darse la vuelta.

—¡Pues claro! —exclama entonces Nora, convenciéndonos tanto a ella como a mí de la versión que acabamos de concebir.

Estamos tumbados en la cama, son las once de la noche.

—Seguro que ha sido eso. Ya sabes lo susceptible que es... —añade.

—O sea, que estás sugiriendo que ella abolló el portón.

Pero Nora me hace callar.

—¿Qué más nos da el portón? Hay que llamarla.

De modo que, a la mañana siguiente, durante una pausa de las prácticas de teoría de grupos en las que, a juzgar por las miradas atónitas de los chavales, he estado más confuso de lo habitual, telefoneo a la señora A. Me disculpo por el tono acusatorio y falto de tacto con el que la reprendí y le aseguro que, si ése es el motivo por el que no quiere seguir trabajando en casa, lo comprendo, pero que estamos todos dispuestos a ponerle remedio. Y saco a relucir a Emanuele y lo mucho que la echa de menos.

—Lo del garaje no tiene nada que ver —me corta—. Estoy floja, ya os lo dije.

Al final de esa conversación, cuando estamos a punto de despedirnos con cierta brusquedad, la oigo toser por primera vez. No tose como suele toserse en los cambios de estación. Es una tos violenta que la deja sin aliento, como si alguien se divirtiera chasqueándole los dedos en la boca de la tráquea.

—¿Qué te pasa? —le pregunto.

—Esta tos. No hay manera de que se me pase.

—¿Has ido al médico?

—No, pero voy a ir. Voy a ir.

Insomnio

La deserción de la señora A. pronto resulta visible en casa. Lo evidencian distintas señales de abandono, en especial en el escritorio de Nora. Los montones de papeles que ya antes competían en altura como torres medievales alcanzan ahora cotas preocupantes, hasta derrumbarse unos encima de otros y formar un único cúmulo de hojas inútiles entre las que, sin duda, hay algunas importantes: facturas por pagar, avisos del colegio de Emanuele, teléfonos que Nora se empeña en apuntar en notas adhesivas y proyectos de interiorismo que los clientes acabarán reclamando, lo que provocará en ella ligeras descargas neuróticas. No es que la señora A. metiera mano a los documentos... bueno, más bien fingía no hacerlo, porque a menudo, después de ordenar las pilas para limpiar, el sobre que mi mujer andaba buscando como una loca desde hacía días aparecía milagrosamente: la señora A. lo dejaba encima de todo lo demás como quien no quiere la cosa.

—Me han llamado para decorar un refugio de montaña en Chamois —dice Nora un domingo por la tarde. Habla muy alto para hacerse oír por encima del estruendo de la aspiradora, que está pasando con rabia por un punto donde no parece que haga falta—. Es un buen encargo. Lo sería, vamos. Qué pena que tenga que rechazarlo.

—¿Rechazarlo? ¿Y eso?

—¿Has visto cómo estoy? No tengo tiempo ni de respirar, imagínate si acepto un proyecto en el valle de Aosta. ¿Ves esas revistas que hay encima del sofá? Llevan ahí una semana. Tenía intención de leerlas, pero no voy a poder. —Se aleja demasiado y, con un restallido, el enchufe de la aspiradora se suelta de la toma de la pared. El silencio repentino la deja como desconcertada. Sigue mirando las revistas—. Y eso que hay artículos que me interesan, que me interesan de verdad.

Pedimos ayuda a su madre. Viene a casa de vez en cuando, a regañadientes. Nada más entrar, sigue una serie de rituales propiciatorios. Primero se prepara un café, que luego bebe a sorbos en vilo entre el balcón y la cocina, dando caladas a un cigarrillo y con la pretensión de que alguien la entretenga. Luego se recoge el pelo y saca unos guantes y un delantal limpio, se los pone delante del espejo y va estudiando el resultado. Y una vez transformada en la asistenta perfecta, se dirige a su hija:

—Bueno, ¿y qué hay que hacer?

En ese punto, Nora ya ha perdido la paciencia:

—Pues hay que hacerlo todo, ¿es que no lo ves? —replica.

Discuten con tal ímpetu que su madre se marcha al poco rato, indignada. Dejamos de llamarla cuando no ha pasado ni un mes, y ella no vuelve a ofrecerse.

La breve experiencia con una *au pair* no da mejores resultados. A Nora le parece lenta y apática, se queja de que no habla bastante bien el italiano para entender sus instrucciones y de que no tiene ningún sentido del orden.

—Y no deja de mirarte.

—¿De mirarme?

—Está colada por ti, es evidente.

—Has perdido la cabeza.

—Por eso me hace tantos feos, como cuando rompió la tetera. Sabía que le tenía mucho cariño. No digo que lo hiciera adrede. No es eso exactamente. Fue una especie de desaire inconsciente.

Insisto en que, al final, encontraremos a alguien, es sólo cuestión de seguir buscando, pero Nora casi no me escucha.

—No. No encontraremos a nadie —murmura entre dientes—, a nadie que valga la pena. A nadie como ella.

Mientras mi mujer da rienda suelta a su turbación durante el día, cada vez más resentida y más caprichosa, a mí se me manifiesta por las noches, otra diferencia que siempre nos ha caracterizado (su sueño, desde que la conozco, es un misterio imperturbable). El insomnio no se me presentaba con tanta fuerza desde los tiempos del doctorado, cuando acepté que hubiera una diferencia de cuatro o cinco horas entre la rutina del resto de la ciudad y la mía propia, como si viviera solo en un meridiano en el centro del océano Atlántico, o como si tuviera otro empleo con turno de noche. Durante los últimos años, el trastorno se había reducido a poco más que una molestia que había que gestionar con prudencia, y solamente se agudizaba con los cambios de estación. Sin embargo, ahora he alcanzado una nueva regularidad preocupante: todas las noches me desvelo a las tres en punto y me quedo mirando los tenues juegos de luz de las ventanas durante mucho rato, a veces hasta el amanecer. Si en la época del doctorado podía compensar en parte el sueño perdido, ahora, con Emanuele y las clases, el despertador está puesto a las siete y media, de modo que la falta de descanso se acumula y punto.

Para mantener a raya el nerviosismo, sigo mentalmente los cálculos que he dejado a medias por la tarde. Me gustaría levantarme y buscar lápiz y papel para apuntar las ideas, pero no me atrevo. Nora me ha impuesto la prohibición de trabajar de noche desde que le confesé que, en esos casos, los números, las letras y las funciones me bailan delante de los ojos durante muchas horas, y la situación se agrava. A lo largo de esas vigilias forzosas, acaricio el costado de mi mujer con la esperanza de que abra los ojos al menos un instante. Son también los momentos en los que me pongo a pensar en la señora A., y entonces noto una sensación de pérdida, de melancolía.

De pequeño yo también tuve niñera. Se llamaba Teresa, *Teresina* para nosotros, y vivía al otro lado del río. No recuerdo gran cosa de ella; no me acuerdo, por ejemplo, de si la llegué a tocar, ni de su olor. La gente tiene recuerdos sensoriales, reconfortantes, recuerdos cálidos a los que regresar, pero yo no: yo borro fácilmente lo que no se ve. De Teresa guardo a mi alcance pocos pedazos, como su forma de cortar las patatas para freírlas, a gajos y sin pelarlas. También tengo presentes sus medias, unas medias opacas y amarronadas, cuyo espesor no variaba de una estación a otra. Y que me regalaba dinero, de eso estoy seguro. Pero el episodio más nítido relacionado con ella, el que se ha impuesto a los demás, se remonta a la última vez que la vi. Yo hacía ya la secundaria cuando mi madre decidió que había que sacrificar una tarde para ir a visitar a mi antigua niñera. Su piso estaba en un edificio en el que se entraba a las viviendas por un balcón corrido. Había ido allí muchos años antes y conservaba en mi mente una imagen mítica, pero aquel día, ya adolescente y ajeno por completo a los matices, me pareció sencillamente un lugar apagado con cierto aire a miseria. Teresina compartía las cuatro habitaciones de su piso con la familia de su hijo. Pasaba los días en una butaca, desde la que echaba un ojo a una nieta hiperactiva que pegaba saltos a su alrededor, y a veces encima de ella, como un macaco. Entonces comprendí que, para cuidar de mí, mis padres habían recurrido a una persona pobre:

no sé por qué, pero en aquel momento esa revelación me indignó. Una vez agotadas las formalidades, permanecimos allí durante un buen rato, escuchando su estertórea respiración. Cuando estábamos a punto de irnos, Teresina sacó un billete de la cartera y se empeñó en que lo aceptara, como obedeciendo a un viejo automatismo. Me quedé horrorizado, pero interpreté correctamente la mirada de mi madre y lo cogí.

Me pregunto qué conjunto de recuerdos de la señora A. guardará Emanuele de mayor. Probablemente, será mucho más reducido de lo que me imagino. En cualquier caso, no seré yo quien le proponga ir a verla, concluyo mientras aparto el edredón por enésima vez antes de decidirme por un término medio (una pierna por debajo y la otra por encima). Cuando se corta una relación, es buena idea hacerlo limpiamente y de forma permanente, incluso entre una niñera anciana y un niño.

Nora achaca el regreso del insomnio al trabajo y sólo al trabajo. El contrato con la universidad vence dentro de poco más de un año, y por el momento no se ha hablado de renovación. Cuando pregunté a mi jefe por el concurso interno que la facultad promete convocar desde hace años, se encogió de hombros y contestó:

—¿Qué quieres que te diga? Vamos a esperar a que se muera uno de los viejos, pero está visto que son resistentes.

No añadió nada más y, a pesar de sus sesenta y seis años, tampoco tuvo la razonable tentación de incluirse en el grupo de los «resistentes». No le gusta detenerse mucho en la cuestión de mi progreso profesional, le parece más placentero divagar sobre las intrigas del departamento, y a partir de ahí sobre la política en general. A veces es capaz de estar hablando hasta las nueve o las diez de la noche, cuando los pasillos se vacían y los guardias de seguridad cierran las salidas, a excepción de una única puerta lateral que se abre sólo con la tarjeta magnética (y si por casualidad te la has olvidado, te llevas una bronca). Yo básicamente me dedico a asentir y a garabatear en la página de cálculo. Soy su público particular y no tengo elección. Creo que a él tampoco le hace gracia pasar tantas horas conmigo —siempre se marcha con rabia—, pero quiere ejercer el derecho que posee sobre mí, y de todos modos está claro que tenerme secuestrado en su despacho es mejor que lo que le espera en casa. Nunca me ha aclarado el motivo, pero si sale el tema del matrimonio se pone más cáustico de lo normal. Cuando le anuncié que me casaba, su comentario fue el segundo más abrupto, sólo superado por el que los padres de Nora le dedicaron a ella («Lo importante es tener las cuentas separadas, porque el amor es el amor, pero el dinero es el dinero»). Mi jefe me dijo: «Aún quedan unos meses, tienes tiempo de echarte atrás.» Al banquete vino solo, se apostó al lado del bufet para asegurarse de que no se perdía ningún plato, y se marchó de los últimos, bastante achispado. A la mañana siguiente, según me contaron, no dedicó una sola palabra a la fiesta, se limitó a quejarse de la comida, de algo que le había sentado mal.

El comentario irónico sobre los profesores más entrados en años me basta para retrasar algunos meses el temor de encontrarme en el paro. Aun así, registro un cambio en la distribución de probabilidades de mi futuro académico, un ascenso de unos pocos decimales en la valoración de un traslado a otra ciudad, a otro país, o quizá de una rendición digna, para probar por fin un programa menos noble.

La hipótesis de trabajar en el extranjero tiene la capacidad de desestabilizar el equilibrio familiar. Cada vez que menciono delante de Nora un centro de investigación en el que un grupo de científicos jóvenes está trabajando en un campo afín al mío y produciendo «algo verdaderamente interesante», cada vez que le expongo hasta qué punto la colaboración con mi jefe está desgastando partes invisibles de mí y le explico todos los beneficios que sacaría si me apartara de su influencia (volvería a dormir por las noches, estoy convencido), pone mala cara. Me dedica un murmullo de asentimiento distraído y con el silencio que instaura a continuación me suplica que no siga insistiendo.

La época en que nos enteramos de su embarazo fue la misma en que el traslado a Zúrich, donde yo había conseguido una beca de cuatro años, parecía cosa decidida. Iba a adelantarme unos meses para que ella pudiera parir en Italia, y, en cuanto tuviéramos los documentos del niño, nos dirigiríamos los tres al cantón más foráneo de la foránea Suiza. Hicimos juntos una visita de inspección, para buscar piso. Vimos tres en la misma zona, donde se instalaban la mayoría de los físicos porque garantizaba un equilibrio aceptable entre el nuevo sueldo y el alquiler, y también porque había un cine. Nora a duras penas cruzaba el umbral. Asentía mecánicamente al agente inmobiliario y se acariciaba una barriga todavía invisible.

Caí en la trampa de aquella extraña apatía suya y de mi propia inseguridad, y, al terminar el recorrido, empecé a apremiarla. ¿Y bien? ¿Cuál le había gustado más? ¿No era mejor renunciar a algo de superficie a cambio de un pequeño patio, pensando en el momento en que el niño empezara a andar? Enumeré los pros y los contras de ambas posibilidades. Ella me escuchó sin replicar y cuando habló fue en un tono sosegado:

—No puedo vivir con ese olor a comida india que invade la escalera. No puedo vivir con esa moqueta, ni con esos suelos veteados. Y no quiero pasear con el niño por estas calles. Yo sola. —Se le humedecieron los ojos, pero no lloró—. Soy una niña mimada, ya lo sé. Y lo siento mucho.

Aun así, el proyecto siguió en pie durante unas semanas más, incluso después de que Nora se viera obligada a permanecer en cama por su embarazo y mientras la señora A. trajinaba ya por casa, imponiendo con garbo su nuevo orden a las habitaciones y las costumbres.

—A saber qué porquerías se comen por allí —comentaba cuando me atrevía a poner en primer plano la vida en Zúrich (muchas de las consideraciones de la señora A. tenían su origen en los alimentos, y muchas también su fin: en las comidas situaba la cumbre de sus días).

Estoy seguro de que Nora y ella habían tratado con detalle el asunto del traslado y ya lo habían descartado, pero se limitaban a sugerírmelo con una malicia muy femenina. Mi mujer aplica con frecuencia ese tipo de ímpetu, consistente en una oposición firme pero amable, en las cuestiones que nos conciernen: impone su voluntad poco a poco. Con un brío no muy alejado del que demuestra al amueblar las casas de los demás, ha amueblado también mi vida, que antes de ella era sobria y frugal.

Esperaron las dos a que asimilara su decisión antes de concederme el beneficio del acto formal. Una mañana escribí un correo electrónico de pocas líneas en el que explicaba que, debido a las complicaciones del embarazo de mi esposa, me veía obligado a renunciar a la beca. Mi jefe mostró desdén ante tanta docilidad.

—Los descubrimientos científicos no son amigos de la vida cómoda, y mucho menos de las esposas incómodas —aseguró.

En realidad, se alegraba de mi renuncia, ya que habría sido imposible encontrar con rapidez a alguien que se hiciera cargo de todo el trabajo que yo le quitaba de encima (el desarrollo de decenas de diagramas de Feynman, las suplencias en el curso de teoría de

48

grupos, pasar a limpio sus apuntes, las simulaciones numéricas que tenía que empezar antes de terminar la jornada y supervisar en plena noche, etcétera: que yo asumiera todas esas tareas le permitía pasarse el día navegando por internet y exhibirse sólo raramente en la pizarra de su despacho, para mostrarme cómo el álgebra fluía sin atascarse de la tiza que empuñaba con su belleza desvergonzada).

No obstante, aquella tarde, al bajar la escalera del ala más moderna de la facultad, yo también experimenté un alivio inesperado, incluso una sensación de heroísmo por haber dejado de lado mis ambiciones en favor de la serenidad de Nora. A los colegas que emigraran se les abrirían de par en par las puertas de la gloria académica y tendrían despachos espaciosos en construcciones de cristal y metal, pero vivirían muy muy lejos no sólo de aquí, sino de cualquier parte. Conocerían a chicas extranjeras y se casarían con ellas, con «mujeres cómodas» que además pertenecerían al fenotipo nórdico y con las que se comunicarían en una lengua intermedia, el francés o el inglés, como si fueran diplomáticos. ¿Y yo? Yo, en cambio, tenía a Nora, que comprendía todas las sutilezas de las frases que pronunciaba y todas las implicaciones de las que prefería guardarme para mí. ¿Podía aspirar a algo más?, ¿plantearme ponerlo todo en peligro a cambio de una beca, por muy prestigiosa que fuera? Todos los progresos de la física desde sus inicios, el heliocentrismo y la ley de la gravitación universal, las ecuaciones sintéticas y perfectas de Maxwell y la constante de Planck, la relatividad especial y la general, las cuerdas multidimensionales retorcidas sobre sí mismas y los púlsares más remotos: toda la gloria de esos descubrimientos juntos no habría bastado para proporcionarme la misma plenitud. Era consciente de que el éxtasis sentimental estaba destinado a durar un tiempo limitado (la constante de Planck, en cambio, no: eso era eterno), y había tenido la suficiente experiencia con distintas relaciones para saber que podría convertirse con la misma velocidad en todo lo contrario, pero al menos durante aquella tarde podía aferrarme a él. De camino a casa, me desvié del recorrido más breve y compré en la pescadería fritura suficiente para dar de comer a una familia de cuatro personas. Zúrich no volvió a mencionarse.

Y ahora hemos vuelto a empezar. Especulo de nuevo con destinos europeos que permitan conciliar mis exigencias profesionales y las expectativas de Nora, y en los que exista como mínimo un colegio de primaria italiano para Emanuele. Durham, Maguncia, Upsala, Friburgo. Ninguno satisface todos mis requisitos, por eso los descarto uno tras otro. Una vez agotada la lista, paso a otra distinta: la de los nombres de los colegas con los que me disputaré la próxima beca de investigación. Rebusco por internet las publicaciones recientes de cada uno, el número de menciones que han conseguido, e introduzco los datos en un programa para calcular las puntuaciones a las que tendré que enfrentarme. Concluyo que tengo buenas razones (algunos puntos a mi favor, siempre que la

estimación sea correcta y que no interfieran los teje-
manejes del departamento) para creer que en la próxima convocatoria volveré a salir bien parado.

Pero, aunque sea así, la incertidumbre resurgirá
cíclicamente con la misma fuerza dentro de pocos
años, hasta que llegue un golpe de suerte (una sucesión propicia de caderas rotas en la quinta planta
de la facultad de Física) o hasta que, más probablemente, me decida a abandonar un sueño romántico
para dedicarme a algo más concreto. Hay puestos
vacantes en el ámbito de las finanzas, la informáti-
ca, las consultorías empresariales: los físicos saben
gestionar grandes cantidades de información, son
versátiles y, sobre todo, no se quejan, o eso es lo que
se dice.

Con mi psicoterapeuta llevo la autocompasión
aún más allá y le aseguro que estoy hecho polvo, o
al menos a punto de estarlo. Después de calificar mi
depresión de «a lo sumo filosófica», me recomienda
un corrientísimo Lexatin para las peores noches.

Y aquí estamos, pues, los tres absortos en nosotros mismos y en nadie más: Nora, que trata de no
ahogarse en la multiplicación de sus tareas; Emanuele, que se esfuerza por sofocar la nostalgia, y yo
mismo, que me abandono a un sueño de debilidad
psíquica. Una familia que da sus primeros pasos, y
quizá también otra cosa: una nebulosa contraída por
el egocentrismo que corre peligro de entrar en fase
de implosión.

•   •   •

Todas estas circunstancias bastaron para que me olvidara de la tos de la señora A., que entretanto se había agravado hasta el punto de que no la dejaba pegar ojo. Otra insomne, y no porque tuviera el dormitorio infestado de fantasmas (los fantasmas eran sus mejores amigos desde hacía mucho), sino porque cada vez que se tumbaba, notaba que el pecho empezaba a estremecerse, hasta que volvía a sentarse y a beber otro vaso de agua, a tragar otra cucharada de jarabe dulzón.

Dejó incluso de ir a misa porque vio que molestaba. Se percató de que empezaban a mirarla con reprobación, de que los hombros de las personas que tenía delante se agitaban de impaciencia. El último domingo, decidió irse poco antes de la eucaristía y pisó con torpeza a su vecina mientras se abría paso para llegar al final del banco. Sus accesos de tos resonaban en la altísima y desnuda bóveda del templo, amplificándose hasta lo insoportable.

De vuelta a casa por el atajo que pasa entre los abedules, se preguntó, impulsada por la rabia y con cierta sospecha temerosa de cometer una blasfemia, si el asunto de la comunión... —«asunto», palabra que me viene repetidamente a los labios al hablar de ella, pues la utilizaba con profusión: «menudo asunto», «¿cómo funciona este asunto?», «hay que solucionar el asunto de los calcetines», tenía un «asunto» para todo...—. Al volver a casa aquella mañana, decía, se preguntó si la atmósfera tan especial que se crea en torno a la comunión no sería, a fin de cuentas, un montaje debido a los cantos, las palabras que susurra el sacerdote, la gente que se coloca en fila con las manos juntas y la cabeza gacha. Con esa idea empezó a alejarse la señora A. de una fe que no había conocido crisis alguna hasta entonces y que precisamente en aquellos momentos le habría servido más que nunca. No volvió a confesarse, ni siquiera cuando se acercaba el fin. A partir de un instante determinado se convenció, creo, de que esa vez le tocaba al Señor pedirle perdón a ella.

Una de las pocas desavenencias que tuvimos estuvo relacionada, precisamente, con la religión. Durante una temporada se le metió entre ceja y ceja enseñar algunas oraciones a Emanuele, sin preocuparse demasiado de nuestra opinión. No es que Nora y yo nos opusiéramos por completo, pero habíamos decidido casarnos por lo civil, y sólo entrábamos juntos en una iglesia para asistir a ceremonias ajenas o por puro interés turístico. Por una necesidad de homologación, yo había recibido el sacramento del bautismo a los doce años, junto con la comunión y la confirmación, en una especie de cómodo tres por uno (mi padre, que no estaba en absoluto de acuerdo, se había presentado ante el cura tendiéndole la mano con rigidez y mascullando algo sobre Galileo, la abjuración y la pira, y había provocado que el pobre hombre palideciera). Con la misma precipitación con la que había llegado, mi devoción se apagó al poco tiempo.

En el caso de Nora, es más sencillo: siempre se ha mostrado poco entusiasta con el asunto de la fe. Que yo sepa, no reza, y aunque desde que la conozco lleva al cuello un rosario de ébano, sé que no confiere nin-

53

guna importancia a su valor simbólico, simplemente le gusta cómo le queda.

—¿Qué tiene de malo? —me contestó un día en que mostré perplejidad ante una postura tan superficial.

Emanuele parecía tener olfato para nuestra ambivalencia en materia de religión. A la mesa se ponía a recitar las oraciones de la señora A., desafiándonos con la mirada. Nosotros seguíamos comiendo, como si no pasara nada. Si no lo dejaba, Nora le decía con tono delicado pero firme que no era el momento para esas cosas, que era mejor reservar las oraciones para cuando estuviera solo en la cama.

Me pregunto si la fe habría arraigado de verdad en nuestro hijo en caso de que la señora A. hubiera tenido más tiempo para guiarlo. Quizá habría sido una suerte para él: tener un credo cualquiera, sensato o no, complejo o sencillo según las exigencias, siempre es mejor que no tener ninguno. A veces me da la sensación de que a los que nos hemos educado en la supremacía de la coherencia rígida, dentro de la empalizada del rigor científico, todo nos cuesta más: somos demasiado conscientes de la infinita propagación de errores que tiene lugar por el mundo, entre individuos, hechos y generaciones, pero el que lo seamos no quiere decir que sepamos ponerle remedio. Es posible que la señora A. tuviera razón al confiar parte de su humor a Dios, igual que al horóscopo radiofónico de las siete de la mañana. Pero también es posible que tenga razón Nora al llevar colgado su rosario con tanta ligereza.

El catolicismo de Emanuele se desvaneció al cabo de pocos meses. Pude observarlo durante el entierro de la señora A.: no seguía ni siquiera el padrenuestro, no se sabía todas palabras y se limitaba a recitar trozos sueltos, escrutando a los que lo rodeaban. La de Jesús se quedó, por el momento, en una de tantas historias que le habían contado.

Nos enteramos del empeoramiento de la señora A. por teléfono. Nora la llama una noche. Durante el tiempo que estuvo con nosotros, Babette jamás había marcado el número de casa: sospecho que en la factura pagaba únicamente los gastos fijos y ni un céntimo más. A Nora le cuesta entender lo que le dice, ya que la señora A. no deja de toser. Primero fue al médico de cabecera, que le recetó corticoesteroides inhalados, pero no le sirvieron de nada. Con eso perdió quince días preciosos. Volvió a visitarse, y en esta segunda ocasión la mandaron de urgencia al especialista, un neumólogo que le pidió primero una radiografía y luego, al verla, un TAC con contraste.

—¿Un TAC? —pregunta Nora, alarmada, y atrae también mi atención.

Un TAC, sí, pero aún no tiene los resultados. Mientras, con la radiografía hizo el camino inverso: después del neumólogo, que le mostró un espesamiento en la parte derecha («podría ser un bulto, un principio de bronconeumonía o quizá un derrame, por el momento digamos que se trata de una sombra»), volvió al médico de cabecera, el único que siempre le habla claro, y esa vez no hizo una excepción. El doctor mantuvo la placa levantada ante los ojos durante un buen rato, contemplándola contra la luz de la ventana. Luego se la devolvió, se frotó los párpados con las manos y se limitó a decir:

—Buena suerte.

Tras contar eso, la señora A. estalla en un llanto irrefrenable. Con TAC o sin TAC, lo ha entendido. Mientras tanto, Nora, con los ojos como platos, brillantes, me mira y forma con los dedos una «C», la «C» mayúscula de «Cáncer», y forma las otras letras con los labios, pero sin pronunciarlas; luego dirige el índice hacia el pecho. La señora A., entre un alboroto de tos e hipo, desvaría sobre un pájaro que fue a verla, un pájaro que le llevó, a finales de verano, la aciaga noticia.

«La posadera»

El diagnóstico no se hace esperar. No es ninguna
sorpresa para la señora A., ni para nosotros a estas
alturas, pero aun así nos quedamos aturdidos. Entre
todos los tumores, el de pulmón es sin duda el que
más fácilmente se atribuye a una conducta vital específica, a vicios perniciosos, a la culpa. La señora A. no
ha fumado un solo cigarrillo en su vida, ni siquiera
cuando de niña ayudaba a su padre en el estanco, donde, si los clientes más impacientes encendían uno
antes de salir a la calle, ella abría de par en par la puerta de atrás para disipar el mal olor. En su familia,
además, no existe una incidencia significativa de neo-
plasias (una tía abuela, en la garganta; un primo segundo, en el páncreas), y su historial médico personal
se reduce a un problema de artrosis y a las enferme-
dades infantiles corrientes. Siempre ha comido bien,
consumiendo verduras de su propio huerto cuando
era posible, ha respirado aire limpio y no ha tenido ni
el más mínimo descuido. Y sin embargo...

Expongo a un médico amigo mío lo que he logrado entender de los resultados de la biopsia que la señora A. me lee deformando todos los términos (seguirá haciéndolo hasta el final, la impenetrable jerga científica no dejará de burlarse de su inteligencia, aunque durante los últimos meses hablará con la altivez de quien cree dominar las complejidades de la medicina interna porque la ha conocido de cerca). Le digo «carcinoma», «células que no son pequeñas» y «cuarto estadio», y con eso basta para que mi amigo emita un profundo murmullo y luego diga:

—Será rápido. Son tumores extraordinariamente puntuales.

En el torbellino de conversaciones telefónicas que sigue (ahora la llamamos cada noche, para que nos ponga al día), la frase que aparece con más frecuencia es: «No consigo entenderlo.» Me gustaría replicar que hay muy poco que entender, que las cosas son así y punto, que su tumor encaja en una estadística, quizá en la cola olvidada de una gaussiana, pero siempre dentro del orden natural, y sin embargo me guardo el realismo para mí, únicamente me permito sacarlo a relucir con Nora, que se pregunta por qué con el mismo aire embelesado. Para ella, mi lucidez es sólo cinismo maquillado, uno de los rasgos que más la irritan de mi personalidad, un residuo de mi crudeza juvenil que aún no ha logrado corregir. No volvemos a hablar del tema.

La explicación plausible que buscaban todos no tarda en llegar, en forma de un recorte de periódico que una vecina de la señora A., Giulietta, que ha reaccionado ante la noticia peor que nadie, le lleva una tarde a modo de regalo, protegido por un funda transparente. Un estudio científico de dudosa credibilidad ha identificado una anomalía en el porcentaje de tumores del valle de Susa. Las causas posibles: el repetidor telefónico de Chianocco, sobre cuya nocividad los residentes de la zona murmuran desde hace años, y las centrales nucleares de la cuenca del Ródano.

—Podría ser —respondo por teléfono—, sí, podría ser.

No obstante, no puedo dejar de constatar que la señora A. percibe términos como «anomalía» o «centrales nucleares» como algo terrible o tranquilizador, según le convenga. No es momento de polémicas. El repetidor telefónico y las centrales del otro lado de la frontera: si eso es lo que sirve, bienvenido sea, dejemos que la culpa sea suya. Es más fácil tomarla con el uranio enriquecido de los franceses y con las radiaciones electromagnéticas que con un destino igualmente invisible, con el vacío, con el flagelo despiadado de Dios.

Pronto empieza a faltar también tiempo para preguntarse por las razones. Una mole de tareas nuevas arrastra a la señora A. y le recuerda de cerca los años de la diálisis de Renato, con la diferencia de que ahora el cuerpo que se coloca debajo de los focos es el suyo y que a quien tiene que cuidar es a sí misma.

Con el primer ciclo de quimioterapia a la vista (el oncólogo ha previsto tres, con intervalos de veinte días, tras haber descartado muy a su pesar la posibilidad de la intervención quirúrgica), la señora A. quiere conseguir una peluca. Es difícil saber cuándo empezará a caérsele el pelo mechón a mechón, y quiere estar preparada. Por una perversión del destino, el pelo es la única parte de su cuerpo que ha cuidado siempre con esmero: anda torcida, no se permite un vestido nuevo desde hace al menos veinte años (de modo que, cuando queríamos hacerle algún regalo, optábamos a menudo por una rebeca: era una forma de asegurar el tiro), no gasta ni siquiera marginalmente en productos cosméticos y las joyas que lleva son las mismas que conocía su marido. Sin embargo, presta una atención especial a su melena. A veces, Nora, para tener un detalle con ella, le pide hora en su peluquería. En más de una ocasión me ha señalado lo poco habitual que es ver a una mujer con un blanco natural como el de la señora A., un blanco nuclear surcado de líneas plateadas. «Ojalá lo tenga como ella cuando sea una anciana», dice, y sospecho que detrás de esa pretensión se esconde un deseo más profundo de pertenencia.

—Primero quiero cortármelo —anuncia la señora A. por teléfono—, cortito, como lo llevaba de joven. Así, al menos, me acostumbro a verme la cabeza calva.

Nora se toma ese propósito como lo que es, un capricho, y contesta:

—No digas tonterías. Así está muy bien.

La esperanza tácita de la señora A. es que, si se corta el pelo, las raíces se reforzarán lo bastante para que luego no se le caiga. Su forma de pensar está preñada de creencias populares que siempre me han divertido y enfurecido, según el día. No tiene ni idea de la potencia destructiva del veneno que van a introducirle en el cuerpo, de la energía con la que barrerá cualquier forma de vida y resistencia, sin hacer distinciones entre lo bueno y lo malo, como un huracán. Nora consigue finalmente disuadirla. Se empeña en encontrar la mejor tienda donde comprar la peluca. Interroga a una clienta a quien ha decorado un apartamento en Liguria, una mujer que el año pasado tuvo que sacrificar sus dos pechos ante un quiste maligno, y de la que ahora habla con especial admiración, como si esa experiencia la hubiera hecho ascender a un nivel superior de conciencia. Nos recomienda ir a una tienda del centro histórico y, a juzgar por la llamada previa que hago, no se ha equivocado: la chica que me atiende muestra mucho menos empacho que yo en hablar de pelucas para una enferma de cáncer, de hecho no muestra ninguno, como si la llamaran continuamente para consultarle ese tipo de cosas.

Un día, la señora A. viene a casa y, en la cocina, le mido la circunferencia del cráneo con la cinta métrica que antes era de su exclusiva competencia y mantenía bien guardada en la caja de la costura. Luego le hago fotos por delante, por detrás y de perfil. La peluca deberá peinarse así, para siempre, habrá una forma perpetua para un pelo que nunca crecerá.

A la prueba la acompaño yo mismo, lo cual me incomoda bastante, casi como si fuera con ella al ginecólogo. Está animada, ya que el cáncer puede combatirse, y parece agradecer que esta parte del día sea exclusivamente para ella, que alguien se haya tomado la molestia de llevarla en coche y luego incluso de invitarla a un café. Nadie le dedicaba tantas horas desde tiempos inmemoriales.

Dentro de la tienda nos invitan a sentarnos en un pasillo desde el que se puede echar un vistazo a la actividad de las distintas secciones. Sobre nuestras cabezas cuelga una lámpara con lágrimas de cristal en la que se han colocado bombillas de bajo consumo. Se respira un ambiente a medio camino entre lo noble y lo trasnochado, pero en el fondo está más cerca de lo segundo. La señora A. señala los muebles y atribuye a cada uno un estilo: imperio, modernismo, barroco...

—¿Ves cuántas cosas podría haberle enseñado a un hijo? —suspira.

Pero el hijo nunca llegó.

La primera vez que nos besamos, tanto Nora como yo llevábamos peluca: alta como un antebrazo y con forma de piña la suya, gris y con bucles la mía. Y los dos nos habíamos empolvado la cara de blanco. En el taller de teatro estábamos preparando algunas escenas de *La posadera*, aunque no íbamos a representar ninguna en público. Nos vestíamos con los trajes de época sólo para aumentar mínimamente el nivel de solemnidad y satisfacción.

Todas las tardes, los chicos que estudiábamos en la facultad de Física, tanto los de la licenciatura como los doctorandos, salíamos del austero edificio de la via Giuria y nos desperdigábamos por la ciudad en busca de ambientes donde las chicas no vistieran con la misma sobriedad mortificante, donde no demostraran el mismo desinterés o el mismo descuido por el cuerpo en general. Nos apuntábamos a cursos de fotografía, lenguas orientales, cocina, tango y aeróbic; nos colábamos en cinefórums abarrotados de alumnas de Literatura Contemporánea, o incluso fingíamos creer en el potencial espiritual del laya yoga, y todo para que se nos abriera un camino de acceso al sexo. Después de varias tentativas, yo había acabado en un taller de teatro, aunque no me interesaba nada. En la primera clase, Nora, que llevaba ya más de un año asistiendo, me acompañó en los ejercicios de respiración. La que acabaría siendo mi mujer me apretó el abdomen con la mano, violentamente, y provocó que emitiera un ruido involuntario y bochornoso, antes incluso de decirme cómo se llamaba.

Después de clase, ya de noche, paseábamos de un lado a otro por la orilla del río, gravitando en torno a la parada del autobús que finalmente nos separaría y dejando pasar más de uno. Por lo general, Nora hablaba de sus padres, por entonces inmersos de lleno en las hostilidades de su separación. Pensar en ellos la atormentaba como sólo puede suceder a los veinticinco años, cuando de repente nos damos cuenta de que de mayores nos gustaría ser completamente distintos de nuestros padres y de que quizá no lo conseguiremos.

La noche en que llevábamos las pelucas la hice reír con la imitación de Alekséi, el estudiante de posgrado ruso con quien compartía despacho en la planta baja. Desde hacía un mes, Alekséi vivía en el mismo cuarto en el que trabajábamos, para ahorrarse el alquiler. Se había agenciado un hornillo eléctrico para calentar el contenido repugnante de distintas latas, y por las noches, eludiendo a los guardias de seguridad, juntaba las dos mesas y tendía un saco de dormir encima. Lo recogía todo antes de mi llegada, menos cuando no oía el despertador. Nora me besó sin aviso alguno. Allí, con las pelucas puestas, mientras yo imitaba el inglés maltrecho de un ruso, en cierto sentido éramos nosotros y no lo éramos, pero puede que eso suceda siempre cuando se besa a alguien en los labios por primera vez.

Le cuento todo eso a la señora A., más que nada para distraerla durante la espera, pero ya debe de estar al corriente, o quizá no le interesa demasiado, porque, cuando aparece una chica con un soporte de madera con forma de cabeza sobre el que descansa su nueva melena, se levanta de un brinco.

La peluca se parece extraordinariamente a su pelo en el color y en el corte, pero apostaría algo a que la consistencia es bastante distinta. La señora A. se sitúa delante de un espejo y deja que se la pongan con todo un ceremonial, como si se tratara de una corona. Contempla embelesada su reflejo, se vuelve hacia un lado y luego hacia el otro, y pide a la dependienta el espejo de mano para ver cómo le queda por detrás.

—Casi me gusto más con ella... —asegura, aunque no sé decir si es para animarse o porque de verdad lo cree. Con ese pelo sintético sin duda está distinta que antes, distinta pero también igual.

Recibimos toda la información sobre los cuidados de la peluca:

—Se puede peinar y lavar con un champú delicado, pero no con frecuencia, no hace falta, el pelo de la peluca no se ensucia como el nuestro. —La dependienta tiene la cautela lingüística de decir «el nuestro» y no «el de verdad»—. Y ahora puede elegir el gorro de noche, es un obsequio de la casa y lo tenemos en varios colores. Verde menta, ¿le gusta éste? ¿Usted qué opina? Hace juego con sus ojos. Espere... Espere, que la ayudo a quitársela.

La señora A. agarra la peluca con las dos manos.

—¡No! Prefiero dejármela puesta... Si puede ser. Así al menos me acostumbro.

A la dependienta se le escapa un gesto de tristeza, de decepción:

—Ah. Claro que puede. Ahora es suya.

Salimos de la tienda cogidos del brazo. La señora A. luce su nueva melena y tiene un aire orgulloso.

—Mejor no le decimos nada a Nora, a ver si se da cuenta —propone.

Le digo que muy bien, es una idea divertida, como una prueba, y mientras tanto escribo un mensaje a mi mujer para contarle que Babette llevará la peluca puesta y que tendrá que fingir que no nota nada.

Con el frenesí, nos hemos olvidado el maniquí de madera. Vuelvo a recogerlo unos días después, solo.

—Perdone, pero la señora perdió la cabeza —le digo a la misma chica, que no sonríe, quizá porque la broma le parece de mal gusto.

La dejo en el coche, en el asiento del copiloto, a la espera de la próxima ocasión que vea a la señora A. Incluso le hablo de vez en cuando. Una tarde me ofrezco a llevar a casa a un compañero de trabajo más joven. Al subir, observa perplejo la cabeza del asiento.

—¿Y qué haces con esto? —pregunta.

Entonces, sin darme tiempo a explicarme, finge que la besa en los labios que no tiene.

La habitación de las reliquias

A la señora A. no se le cae el pelo con el primer ciclo de quimioterapia, y tampoco con el segundo. En cambio, vomita continuamente, lo que quizá sea peor. Ha dispuesto tres palanganas en puntos estratégicos de su casa (al lado del sofá, debajo de la cama y en el baño) y no tiene empacho alguno en contar que las utiliza con regularidad. La renuencia a hablar de las funciones corporales nunca ha formado parte de su carácter, es una mujer expeditiva, de las que (así se describiría ella) llaman al pan, pan, y al vino, vino. Lo que no soporta, en cambio, es que en el pueblo todo el mundo le pregunte cómo se encuentra. Sólo están informadas sobre el tumor Giulietta y dos amigas más: ninguna es demasiado chismosa, pero la señora A. es consciente de que la enfermedad ajena es un tema jugoso, y también ella se ha aprovechado alguna vez del estado de tal o cual persona para dar pie a un chismorreo inútil. ¿Qué más da? Ha perdido seis kilos en poco más de un mes y está claramente desmejorada, así que no la sorprende mucho que todo el mundo le pregunte por su salud. Para evitarlo, ha reducido al mínimo las salidas y ahora prefiere hacer la compra en el mercado de Almese, a pocos kilómetros en dirección al río; además, le queda de camino al volver del hospital.

Los médicos le han desaconsejado las verduras crudas, las conservas en aceite y los embutidos, porque todo eso puede contener una carga bacteriana peligrosa para su sistema inmunitario, castigado por los fármacos. Una especie de dieta para embarazadas que ella no ha conocido en circunstancias mejores. En realidad, se parece bastante a una embarazada: en el poco tiempo que le dejan libre el tratamiento y las secuelas, no deja de satisfacer sus caprichos alimentarios, que cada vez son más esporádicos, e incluso los llama «mis antojos».

Un día, por ejemplo, sale con el coche y recorre muchos kilómetros únicamente porque le ha venido a la cabeza el pan cocido en horno de leña de Giaveno. Se ha pasado la vida negándose caprichos así en aras de una conducta ejemplar, por respeto a... ¿Por respeto a qué? En muchas otras ocasiones había tenido ganas de comer ese pan y no se había atrevido a ir a comprarlo porque le parecía indecoroso soportar todas esas curvas por un capricho. Ahora se aferra a los deseos, los invoca, porque cada uno es un arranque de vitalidad que la libera durante un rato del pensamiento desbordante de la enfermedad.

Desaparecen de su nevera primero el parmesano, luego los quesos en general y la carne roja y la blanca. De lo de la carne, me explica, no tienen la culpa las náuseas, sino el hecho de que ya casi no percibe ni los olores ni los sabores, y masticar un trozo de carne sin el sentido del gusto es como tener algo muerto en la boca sin poder olvidar en ningún momento que está muerto: al final, resulta imposible tragárselo.

—Ayer por la noche me apetecieron guisantes con huevos. Me los preparé y me los comí con ganas. Luego tuve un ataque de tos y acabé vomitándolo todo. Fuera, se acabaron también los huevos y los guisantes.

La señora A., que no hacía feos a los alimentos tradicionales más audaces, las ancas de rana asadas, los caracoles hervidos, los pichones y los callos, los sesos y las entrañas fritas, ahora no está en condiciones de comerse un inocente plato de huevos con guisantes.

—Y el agua, ¿te lo puedes creer? También me cae mal al estómago.

A partir de diciembre, y durante todo el año que le queda de vida, tomará únicamente bebidas con gas (coca-cola, refrescos de naranja y *chinotto*), y se alimentará sobre todo de dulces, como una niña malcriada e incorregible.

Decido ir a verla. Como estoy al tanto de ese régimen absurdo, le compro una bandeja de *baci di dama* pequeñitos (en vista del éxito, me presentaré con una bandeja idéntica en todas mis futuras visitas, hasta el final, hasta cuando ya rechace incluso eso). Una soleada mañana de domingo, salgo con Emanuele, que para hacer un regalo a su niñera desertora va provisto de un dibujo con muchos colores, casi psicodélico, en el que ninfas aladas de cabello rosa, lila y azul flotan por un cielo infestado de monstruos.

—¿Quiénes son éstas? —le pregunto.

—Hadas delicadas.

—¿Y éstos?

—Pokémons.

—Ah.

Es una pena que luego decida envolverlo: lo arrebuja como si fuera un caramelo y lo cubre prácticamente todo con celo. Lo que acaba entregando a la señora A. es una pelota de papel arrugada y pegajosa. Ella la deja a un lado, perpleja. Ya no tiene tiempo para seguir la creatividad incoherente de Emanuele, ahora le toca cuidar de su propio cuerpo, tomar un montón de medicamentos y sopesar sus efectos, más colaterales que beneficiosos. Tengo la clara premonición de que el dibujo acabará en la papelera en cuanto nos vayamos.

Emanuele no puede comprender nada de todo eso, del egocentrismo al que nos empuja la enfermedad. No concibe a la señora A. como una persona distinta de la que se ocupaba de él, de él y de nadie más, que lo seguía en sus fantasías tortuosas sin importar adónde se dirigieran y lo mimaba como a un príncipe. Cuando se da cuenta de su repentina frialdad, se pone nervioso y pesado, lo intuyo por la forma en que le cambia la voz, como siempre que reclama ser el centro de atención. La señora A., en cambio, no tiene ni la profundidad necesaria ni las ganas de comprender lo que sucede en la cabeza del niño. Me encuentro entre dos fuegos ardientes de expectativas y resentimiento: a un lado una anciana enferma, al otro un alumno de primaria, los dos deseosos de acaparar todas las miradas, por miedo a desaparecer en caso contrario.

Envío a Emanuele a jugar al patio, aunque hace demasiado frío. Protesta, pero acaba por obedecer. Desde la puerta, me dirige una de sus peores miradas.

En casa de la señora A. había una habitación donde los radiadores estaban cerrados desde hacía años, una habitación que no parecía ni una sala de estar ni un despacho, sino más bien un relicario. Dado que en invierno la temperatura era inferior a la del resto del piso, como mínimo unos diez grados, al entrar tuve la impresión de que ponía los pies en unas catacumbas. Había vidrieras de colores, colocadas por la parte interior de las ventanas, con caras de mujer vistas de perfil (no recuerdo el nombre del artista, pero la señora A. lo mencionaba siempre con gran veneración), por lo que la luz que se filtraba quedaba mitigada y daba a la estancia un aire sepulcral. Allí dentro todo hablaba de Renato.

Había un entrante en la pared provisto de anaqueles, en cada uno de los cuales se exponía una colección distinta. La mezcla de épocas y estilos sugería que detrás de la elección había una personalidad aquejada de una incoherencia singular, o quizá con muy pocos prejuicios: me fijé en una decena de estatuas precolombinas, en algunos pisapapeles de formas extrañas que no había visto en ninguna otra parte, y también en esculturas de cerámica pintada con dudoso gusto y piezas de vajilla variadas, de plata y latón. En el centro de la habitación, una mesa baja acogía en un doble fondo forrado de paño verde una veintena de relojes de bolsillo, perfectamente alineados, con las manecillas detenidas a las doce. Aquella selección heterogénea evidenciaba la aspiración de un chatarrero como Renato de convertirse en un anticuario experto en arte, una meta acariciada y nunca alcanzada realmente. Puede que la señora A. se diera cuenta o no, imposible decirlo, pero por nada del mundo habría menospreciado el supuesto talento de su marido. Entre las experiencias de su vida, ayudarlo con el comercio de aquellos objetos y obras de arte había sido sin duda la más inesperada y emocionante, y el simple hecho de pensar en ello aún la llenaba de orgullo.

El material más preciado estaba amontonado detrás de un biombo lacado con motivos orientales: una cincuentena de telas, todas auténticas y de distintas dimensiones. Sé a ciencia cierta que allí había obras de Aligi Sassu y de Romano Gazzera, al menos un par de la escuela de Felice Casorati y algunas del período futurista, aunque no de los exponentes más conocidos. La señora A. me habló también de un óleo de Giuseppe Migneco, *Gli sposi*, que ni Renato ni ella habían querido vender nunca, pese a la insistencia de un médico que año tras año aumentaba la oferta: aquel cuadro, decía, la hacía pensar en su matrimonio, y también en Nora y en mí.

En realidad, no llegué a contemplar ni uno solo de aquellos lienzos. La señora A. me enseñó únicamente los envoltorios de papel, todos iguales, y la única vez que me aventuré a echar un vistazo por la rendija de algún paquete, dio un paso para detenerme. No volví a intentarlo.

—¿Qué piensas hacer con todas estas cosas? —le planteo el día de la visita con Emanuele, señalando con un gesto la habitación.

Es una pregunta poco delicada que no he ponderado lo suficiente, pero me siento obligado a ponerla en guardia frente a la inevitable disolución de su tesoro, el tesoro que custodia desde hace tanto tiempo en un piso insospechado de un edificio insospechado. El que llegue después no tendrá el más mínimo cuidado, o al menos el que ella desearía, porque no hay forma de estar a la altura de una devoción que ha durado toda una vida. La señora A. puede permitirse el lujo de preparar su desaparición, de decidir el destino de todos y cada uno de esos objetos según sus deseos.

—Aquí están bien —me responde.

La pregunta crea una fractura momentánea, me doy cuenta por cómo me invita de repente a salir de allí para volver al cuarto de estar; le ha entrado frío, dice. Sé en qué piensa, y no puedo culparla. Aunque no creo que me mueva una segunda intención, tengo que reconocer que me he fijado en el cuadro de la mujer desnuda de los melocotones y por un instante me lo he imaginado colgado en nuestro dormitorio, dando finalmente dignidad a una pared para la que Nora y yo nunca hemos encontrado algo adecuado, algo que nos pareciera lo bastante íntimo como para estar allí encima, observándonos todas las noches, estuviéramos despiertos o dormidos.

Después de aquel domingo, sólo visité una vez más el piso de la señora A. Hacía cuatro meses que había muerto. Al final nos había asignado dos muebles a juego: una mesa y un aparador de los años veinte, los dos de color crema. Y tenía que llevármelos pronto, antes de que se vendiera la vivienda. Dos muebles: el único legado de Babette, y todo lo que conservamos de ella. A Emanuele no le había dejado nada.

En su piso de Rubiana me esperaban sus dos primas, Virna y Marcella. La mesa y el aparador eran lo único que quedaba, con la excepción de una serie de cajas grandes llenas de bártulos: una olla a presión, dos jarras de plástico, el servicio de copas con el borde dorado...

—Eso lo damos a la beneficencia —dijo Virna.

—Un noble propósito —observé, sin sombra de sarcasmo.

De las lámparas, de la colección de relojes y estatuas precolombinas, de los cuadros y de la péndola del cuarto de estar, ni rastro. Faltaban incluso las vidrieras de las ventanas. La luz del día invadía ahora aquellas estancias con una agresividad que nunca se le había permitido. Era un auténtico despojo, un saqueo, el desmantelamiento fulminante de una vida entera consagrada a la conservación. La señora A. había tenido todo el tiempo necesario, meses y meses, para garantizar un futuro y un sentido a aquellas reliquias, y no había hecho nada. Después de recibir el diagnóstico, no se había concentrado en otra cosa que no fuera amargarse los días, todos los días, para conseguir algunos más, un puñado inútil de días más. De ella, de todo lo que había custodiado durante una vida, no había quedado ningún rastro. Sus cosas se habían dispersado por lugares donde carecían de sentido, donde no quedaba ningún indicio de su origen. Todos y cada uno de sus enseres habían perdido su carga de recuerdo y habían servido únicamente para obtener un beneficio.

¡Pobre señora A., qué ingenua fuiste! Te dejaste engañar, la muerte se burló de ti, como había hecho antes la enfermedad. ¿Dónde están los cuadros que escondías detrás del biombo? Durante años, ni siquiera los miraste para que el polvo no los estropeara. Desapareció incluso el biombo, que ahora estará abandonado en algún almacén húmedo, envuelto en celofán y separado del suelo por un palé. Uno debe tener presente el futuro, señora A., siempre. Presumías con frecuencia de tu sagacidad, de haber aprendido todo lo que sabías de la experiencia, pero al final no te resultó muy útil. Te habría convenido reflexionar más, porque tu sentido práctico no bastó ni para salvarte a ti ni para salvar tus posesiones. El fin no perdona ni siquiera la más leve de las culpas, y tampoco el más inocente de los errores.

• • •

Pusimos la mesa en la cocina. Emanuele la reconoció enseguida y la rodeó para observarla, sin rozarla siquiera, como preguntándose por qué túnel espaciotemporal se había trasladado desde casa de la señora A., desde el pasado, hasta allí. La primera noche resultó extraño comer en ella, ninguno de los tres estábamos acostumbrados a la frialdad del mármol, al contacto de los antebrazos con aquella superficie tan lisa. La luz artificial que se reflejaba nos deslumbraba, y la cocina entera de repente era más brillante.

—Tendré que cambiar la bombilla por una menos potente —dije.

—Ya... —contestó Nora, distraída. A continuación añadió—: ¿No te parece que estamos cenando a su lado?

Para el aparador no había sitio, demasiado largo, demasiado voluminoso para nuestra cocina de ciudad. Lo bajamos al trastero, a la espera de un nuevo destino que difícilmente llegará. Una mañana fui a limpiarlo y a pasarle un producto contra la carcoma, y descubrí un polvo de madera finísimo acumulado en los rincones. Al abrir las puertas superiores, me encontré con distintos artículos de periódico pegados por dentro, todos con la fecha escrita encima con bolígrafo: 1975 o 1976. Eran los años en que Renato aún vivía pero ya estaba muy debilitado. Por lo que me parecía recordar, aquel mueble había llegado a manos de la señora A. gracias a una tía de su marido, quizá como regalo de boda.

Repasé los titulares de los recortes, tratando de identificar un criterio de selección que me pareciera razonable:

«Trama negra: detenido un oficial de la policía.»

«¿La sequía de Cuba, provocada por el Pentágono y la CIA?»

«La ITT confirma que financió el golpe contra Allende.»

«Las viviendas de protección oficial se calentarán con energía solar.»

«Un sueldo de mil millones para el presidente de una empresa de cosméticos.»

«San Giorio: vertidos tóxicos.»

«Ella, cincuenta años, él, sesenta y siete: "Fue un verdadero flechazo."»

A simple vista, los artículos, unos cuarenta en total, no tenían nada que ver unos con otros. Lo único evidente era que no los había elegido la señora A. (dudo que tuviera una idea precisa de dónde estaba Cuba, o que conociera el Pentágono como algo distinto de una figura geométrica con cinco lados). No obstante, yendo de una puerta a otra, de un titular a otro, me di cuenta de que no había muchas categorías, que los artículos desvelaban ciertos temas de fondo. Los conté y los dividí en función del contenido. En el cómputo final, sorprendentemente, casi todos hablaban de la CIA, el FBI y las difíciles relaciones entre Estados Unidos y Fidel Castro. La señora A. no había mencionado, ni siquiera en nuestras últimas charlas, un interés especial de Renato por las intrigas de poder. Sin embargo, las puertas del aparador me presentaban a un hombre fascinado por las conspiraciones, un hombre que, al pegar aquellos recortes uno al lado del otro, buscaba tal vez revelar un panorama general que destapase el engaño al que lo había arrastrado la sociedad. Puede que hubiera incluso algo más, es posible que Renato colaborase con los servicios secretos (la señora A. no dejaba de describirlo como un hombre imprevisible, con muchas vidas y, en consecuencia, muy interesante), aunque enseguida pensé que, si ése hubiera sido el caso, no habría pegado breves sobre la CIA dentro de un mueble de cocina.

Una pequeña columna resaltada con un recuadro marcado con rotulador anunciaba la lista de las diez empresas más importantes del mundo, según los datos de 1973. Chrysler estaba en el quinto puesto. Si Renato supiera lo que había sucedido desde entonces, que Chrysler había acabado reducida a cenizas y finalmente en manos de un compatriota suyo, creería que el planeta había invertido la rotación sobre su eje.

Si nuestros muebles, los de Nora y míos, acabaran un día en una subasta, si aparecieran debajo de las cenizas de una erupción volcánica, no encontrarían prácticamente ningún rastro de nosotros, apenas algún garabato furtivo de Emanuele, parecido a una pintura rupestre, datado del período en que atentaba contra todos los rincones de la casa con sus rotuladores. Los arqueólogos del futuro no hallarían tampoco fotografías, ya que las pocas que tenemos están guardadas en el disco duro del ordenador y, cuando lo descubrieran, estaría ya inservible desde haría muchos años. Nora y yo tenemos una extraña manía iconoclasta: no conservamos nada, no intercambiamos cartas ni notas (con la excepción de alguna lista de la compra), en los viajes no compramos recuerdos porque generalmente son de mal gusto y hoy en día se encuentra lo mismo en cualquier parte del mundo, y, desde que los ladrones visitaron nuestro piso, tampoco hay ni oro ni joyas, simplemente no tenemos nada de eso. La existencia del tiempo que hemos pasado juntos está en manos de la buena memoria, la nuestra y la del silicio de una placa base. No, tampoco nosotros, Nora, pensamos en el futuro. No tenemos álbum de fotos de la boda, ¿no es increíble? Y, sin embargo, un día estaremos lo bastante lejos de aquel momento como para querer revivirlo al menos en imágenes.

Los arqueólogos que vengan y soplen para apartar las cenizas de nuestra casa sólo encontrarán las piezas metálicas de los muebles modernos. Tal vez dediquen bastante tiempo a reconstruir su belleza original, pero se toparán con pocos objetos y prácticamente con ningún elemento decorativo, ni siquiera en el cuarto de Emanuele, que de año en año va despoblándose de juguetes y colores, porque ahora todo lo que le gusta está dentro de los circuitos de una consola portátil. Me preguntó qué podrá sugerirles que en esas habitaciones vivió una pareja y luego una familia, y que juntos fueron felices, como mínimo durante largos períodos.

Y si, por un complejo proceso de fosilización, sobreviviera algún pedazo de periódico de los acumulados en el contenedor del papel, los arqueólogos, al repasar los titulares como hice yo con los del aparador de la señora A., pensarían quizá en una segunda Edad Media, en otro cambio de milenio oscuro y poco prometedor. O puede que no, puede que nuestro tiempo sólo nos parezca tan arduo y espinoso a nosotros, como a Renato le parecía arduo y espinoso el suyo, porque somos sugestionables y porque todas las épocas encierran la pretensión arrogante de la catástrofe.

Beirut

—Sin ella no me veo con fuerzas —confiesa Nora ante la perspectiva de la primera Navidad lejos de Babette.

La señora A. ha decidido no pasar la Nochebuena con nosotros, sino con sus primas (siempre las ha descrito como envidiosas y malvadas, se mantenía alejada de ellas a pesar de la soledad, pero al parecer el cáncer también ha disminuido sus defensas inmunitarias contra la familia, defensas que había tardado media vida en levantar), aunque tal vez no esperaba que este año también la invitáramos. Puede que se haya dicho: «Ahora que ya no soy su asistenta, no hay ningún motivo para que quieran que vaya.» Cuando la llamé para decirle que era bienvenida como siempre, se mostró asombrada, casi molesta.

—Por favor, si ni siquiera pienso en sentarme a la mesa. Ver toda esa comida... Ahora soy una compañía demasiado difícil.

Le propuse que pasara antes o después, en ayunas o con el estómago lleno, porque nos haría mucha ilusión.

—Vamos a dejarlo —me interrumpió—. Celebradlo vosotros con tranquilidad.

Sin embargo, ese día Nora y yo no tenemos tranquilidad, precisamente. Sin la señora A., la lista de los invitados por Nochebuena nos parece más amenazadora que nunca: nosotros tres, la madre de Nora, su segundo marido (Antonio, apasionado exégeta de la crisis económica y bloguero incendiario aunque ya no tenga edad para esas cosas) y su hija, Marlene, con la que Nora nunca ha hecho buenas migas, quizá por los diez años que las separan o tal vez porque, como asegura con mala baba, es completamente antinatural querer a los nuevos hijos de tus padres, cogerles cariño sólo porque toca. En Navidad, el divorcio de sus padres vuelve a espesarse como una nube tormentosa, y ella se deja contagiar por la carga electrostática del aire; está siempre a punto de descargar diez mil voltios sobre quien se le ponga a tiro, en concreto sobre Emanuele o sobre mí. No decepcionar a nadie (ni a mis familiares, ni a los suyos, ni a sus nuevos parientes políticos) y al mismo tiempo evitar encrucijadas embarazosas es un juego de destreza que nunca ha logrado dominar.

Al menos con la señora A. estaba garantizado un elemento de equilibrio. Cuando en la mesa se hacía evidente la grave falta de temas comunes y, por otro lado, las pocas ganas de buscarlos, centrábamos la atención en los platos que había preparado. Los elogiábamos y los comentábamos por turnos, haciendo propuestas para el año siguiente, y así llegábamos trabajosamente a las doce de la noche. La señora A. se convertía en el centro de la Navidad, o en su chivo expiatorio, pero de todos modos le hacía ilusión. Esa noche, más que en ninguna otra ocasión, parecía una más de la familia, y eso que no conseguía quedarse sentada en el lugar que le habíamos asignado. Iba y venía con frenesí del cuarto de estar a la cocina dejando las historias a medias, empezaba a lavar los platos mucho antes de lo necesario y se cambiaba de traje cada cinco minutos: de asistenta a invitada y después otra vez a asistenta. Pensándolo bien, debía de resultarle agotador. Cuando llegábamos a los postres, yo tomaba las riendas y la obligaba a quedarse con el trasero pegado a la silla, eso le decía exactamente, «ahora tienes el trasero pegado a la silla», y creo que le gustaba que le hablara con esa brusquedad. Juntaba las manos en el regazo y disfrutaba del epílogo de la velada.

Nunca llevaba regalos para nadie, pero siempre había más de uno para ella, los nuestros y los de la madre de Nora. El de mi suegra, la verdad, acostumbraba ser más bien miserable, sospecho que en más de una ocasión eran regalos que le habían hecho a ella, y que reciclaba para la señora A. Su trato nunca estuvo exento de tirantez. Al fin y al cabo, Nora dejaba traslucir con frecuencia y poco tacto su predilección absoluta por Babette.

Había siempre un momento de la cena de Nochebuena en que se producía un enfrentamiento despiadado entre los dos asados: el preparado por la madre de Nora, y el de la señora A. Se colocaban las dos fuentes en el centro de la mesa, una al lado de la otra, y las contrincantes intercambiaban una larga mirada, como en una película del Oeste en versión femenina. Aunque ya estábamos llenos, todos comíamos sin rechistar un bocado de ambos platos, alternativamente, y luego retomábamos las alabanzas, más enfáticas y bulliciosas que antes. Por mucho que tratáramos de establecer una igualdad absoluta, al final la señora A. ganaba por puntos, siempre.

—Huir. Eso es lo que vamos a hacer este año —propone Nora.

Aprovechamos una oferta para ir a Beirut el 24 de diciembre. Ante las protestas de su madre, replicamos que los vuelos son más baratos, mucho más baratos; sabemos que los motivos económicos tienen la capacidad de hacerla callar (tras las vicisitudes del divorcio, el dinero se ha situado incontestablemente en lo alto de su escala de valores). A Emanuele le aseguramos que recibirá de todos modos sus regalos; es más, los recibirá antes de tiempo, y parece que eso lo pacifica también a él.

El proceso de instauración de nuevas costumbres no deja de parecerme curioso: el tumor de la señora A. y su desaparición antes de tiempo nos han llevado a Nora y a mí a sellar un pacto secreto que se salta una regla sagrada: nunca jamás, a partir de este año, volveremos a festejar la Navidad con nuestros padres. De un diciembre a otro, ahorraremos siempre una suma suficiente para irnos lejos durante esos días, para distanciarnos de las trifulcas familiares y de las convenciones cuyo valor ponemos en duda.

En el avión, leo un libro de Siddhartha Mukherjee, *El emperador de todos los males.* Tras explorar durante años el pantanoso terreno de intersección entre la hematología y la oncología, el autor, estadounidense nacido en la India, redactó una historia novelada del cáncer en setecientas páginas repletas de referencias, y de repente ganó el premio Pulitzer. Cada párrafo me presenta a contraluz el reflejo de la señora A. y me arrebata otro miligramo de esperanza. Mukherjee describe una guerra sin cuartel, una guerra marcada por algún que otro éxito al que se ha dado una trascendencia enorme, pero a fin de cuentas se trata siempre de una empresa condenada al fracaso.

Me detengo en la analogía que ya evidenció Galeno entre el cáncer y la melancolía, ambos provocados por un exceso de humor negro. Mientras leo, es como si notara un líquido viscoso, como si un chorro de alquitrán se propagara por mi sistema linfático y lo obturase. Querida señora A., según la medicina antigua, hay algo más que nos une, aparte del afecto: los dos pertenecemos al mismo color, somos los paladines del negro.

Siento ganas de llamar a mi terapeuta para poner freno a la angustia que se apodera de mí a toda velocidad, pero desde el avión es imposible. ¿Y con uno de esos teléfonos de pago que hay en la cabina? ¿De verdad funcionarán? De todos modos, es Nochebuena, no contestaría. Así pues, pido a la azafata otra botella de vino francés en miniatura. Me lo sirve con desdén, después de hacerme esperar un buen rato. Será musulmana, o quizá sencillamente le parece mal el espectáculo de un padre que se emborracha en pleno vuelo al lado de su hijo.

Creo que la azafata no sabe nada del humor negro. Igual que Nora, por cierto, que duerme plácidamente recostada en mi hombro. La miro, indeciso entre la emoción y la envidia. Su linfa fluye clara, nítida y copiosa a pesar de todo. Estoy convencido de que su vitalidad es inagotable, de que nada, ni siquiera el dolor más absoluto, ni siquiera la mayor pérdida, sería capaz de pararle los pies. A fin de cuentas, los seres humanos casi nunca somos felices o infelices por lo que nos sucede, somos una cosa o la otra en función del humor que fluye por nuestro interior, y el suyo es plata fundida, el más blanco de los metales, el mejor de los conductores, el reflectante más despiadado. El consuelo de saber que es tan fuerte se mezcla en mí con el miedo de no resultarle realmente indispensable y de estar pegado a mi mujer, en las innumerables formas en que estoy pegado a ella, como una sanguijuela que chupa la vida a los demás, una especie de parásito gigantesco.

Una noche, nos pusimos a hablar de la señora A. y de su vida llena de sacrificios, siempre al servicio de alguien o de algo. En su centro exacto, justo cuando su cuerpo manifestaba el máximo vigor, había pasado cinco años de felicidad perfecta al lado de su marido, antes de que a él se le bloquearan los riñones. Cinco años que no habían dejado un rastro visible más que en ella, cinco años de matrimonio más uno de noviazgo en los que se había distanciado de su yo anterior, de lo que no la satisfacía, y en los que había acumulado recuerdos suficientes para resistir al espectáculo final de Renato, que se apagó delante de sus ojos, día tras día, inexorablemente, en centenares de sesiones de diálisis que cambiaron su sangre, su carácter y su amor por ella. Cinco años que habían bastado para que la señora A. sobreviviera cuarenta más.

—¿Lo resistirías? —me había preguntado Nora—. ¿Serías capaz de soportarlo? ¿Tendrías la fuerza necesaria para estar conmigo hasta el final si me pusiera enferma?

—Lo juramos los dos, si no me falla la memoria.

—¿Y si la enfermedad fuera larga, como la de Renato? ¿Te quedarías conmigo todos esos años y te perderías lo mejor de tu vida?

—Sí, claro.

Sabía que era mejor no dar la vuelta a la pregunta, porque las personas cuya linfa fluye con rapidez son imparables, como torrentes. Pero hay conversaciones entre enamorados que, pasado un horizonte, te arrastran inevitablemente hacia su centro sombrío.

—¿Y tú?

Se llevó la mano derecha al remolino que tiene detrás de la oreja, un mechón que permanece escondido excepto cuando se lo coge, y que yo siempre voy a buscar con los dedos. Empezó a retorcérselo.

—No lo sé... Creo que sí —contestó, pero tras una vacilación.

Durante el resto de la noche, mantuvimos las distancias.

En este avión que vuela directo hacia las latitudes templadas de Oriente Próximo, a pocas horas de la medianoche del 24 de diciembre, junto a mi familia, que duerme, y sin que ahí fuera nada nos amenace de verdad, tengo la impresión de encontrarme en la cima de nuestra existencia, en su cúspide fugaz de luminosidad. Me pregunto cuánto podrá durar y cómo saborearla plenamente. Sin duda, no será tratando de aturdirme con otra botella de vino, que sin embargo me apetece. Por otro lado, Nora y yo siempre estamos muy ocupados, muy despistados, muy cansados. Vivimos con anticipación, a la espera en todo momento de algo que nos libere de las tareas del presente, sin tener en cuenta que otras nuevas tareas surgirán ante nosotros. Si nuestros mejores años fueran realmente éstos, no estaría contento con la forma en que los estamos aprovechando. Me dan ganas de despertarla y decírselo, pero sé que no me haría caso, se daría la vuelta en el asiento y, aún más acurrucada, apoyaría la cabeza contra la ventanilla oscurecida y seguiría dormitando.

La tabla del siete

Entre los artículos pegados en el aparador de la señora A., había algunos que despertaron en mí una curiosidad especial: un americano, un tal Terry Feil, había muerto al cabo de treinta años por culpa de la radiación recibida en Nagasaki, donde había desembarcado poco después de la explosión de la bomba; en la Gran Bretaña de los setenta morían cincuenta mil personas al año debido a patologías pulmonares y cardiovasculares, y se suponía (según el texto) que el consumo de nicotina tenía algo que ver; un fármaco perjudicial se había comercializado en nuestro país durante más de cinco años. Radiaciones ionizantes, carcinomas pulmonares, fármacos nocivos... Era como si la sombra de la muerte, que por entonces ya oscurecía en parte la visión de Renato, avanzara también hacia la señora A., y él pareciera saberlo. Ante aquellos recortes de periódico conservados con tanta meticulosidad, empecé a sospechar que había presentido el fin de su mujer y que lo temía más que el suyo propio. Era como si en aquellas noticias, en apariencia inconexas, buscara un plan y una posible curación, una vía para ponerla a salvo.

Sin embargo, treinta y cinco años después la señora A. ofrece el brazo izquierdo a una aguja por la que circula una concentración preocupante de isótopos inestables de flúor. Siempre ha tenido las venas finas y pálidas, por lo que las extracciones y las inyecciones son una tortura, pero hoy la invade el optimismo y no se preocupa por las torpes tentativas de la enfermera. Piensa en cómo se siente desde hace un par de semanas (otra vez enérgica, animada, con la piel suave y una pizca de apetito que le ha permitido recuperar dos kilos con rapidez), y no puede sino convencerse de que se ha curado, o al menos de que ha emprendido el camino de una rápida mejoría. Sin duda, la PET lo confirmará. Ni se le pasa por la cabeza que haya que achacar todo el mérito de esa aparente recuperación a las dosis desmesuradas de corticoesteroides que recibe desde hace meses, y ni siquiera la asaltan las dudas cuando, al terminar la prueba, ve de refilón la mirada acongojada del técnico que, desde el interior del cubículo protegido por paredes de plomo, ha visto aparecer en el monitor su cuerpo diáfano, el fantasma de una mujer que se ha encendido en muchas zonas aparte de los pulmones: en la vértebra L1, en el íleon y en el cuello del fémur derecho. Las células tumorales han emitido paquetes de positrones que, al aniquilarse con sus gemelos negativos, se han transformado en luz, señal inequívoca de que el cáncer ha pasado a la sangre y está tomando posesión del organismo.

No obstante, la señora A. todavía no lo sabe y por el momento siente alivio, un alivio que también surge de otro motivo distinto del bienestar físico, y que la avergüenza un poco. Hace una semana murió su amigo el pintor, plácidamente, mientras dormía. Por la noche había comido y bebido con ganas, y por la mañana no se despertó. Eso significa, además de la reducción inexorable de la lista de personas con las que ha compartido el pasado, que el ave del paraíso no había ido a verla a ella: se habían equivocado los dos. Es una buena noticia, no vale la pena fingir lo contrario, y de todos modos el pintor no tenía nada que lamentar.

—Para ser enano, llegó bastante más lejos de lo que habría sido de esperar. —Es el comentario sumario de la señora A.—. Y se lo pasó en grande, con toda esa gloria y todas esas chicas. ¡Vaya si se lo pasó en grande!

Creo que en la época de la PET, antes de enterarse de los desastrosos resultados, Nora compartía el optimismo infundado de la señora A., y que incluso lo fomentaba en cierto modo, aunque cuando más adelante se lo pregunté lo negó, asegurando que no era cuestión de ser optimista y que, además, la idea de la acupuntura no había sido suya, sino de su madre.

—¿Acupuntura? ¿De verdad la llevasteis a que le hicieran acupuntura? ¿Y cuándo, exactamente?

—Antes de que llegaran los resultados.

—Tenía un cáncer en estado avanzado y vosotras... No me lo puedo creer.

La confesión tardía de Nora llegó una noche en la que habíamos invitado a cenar a una pareja de amigos no muy cercanos (una hija de la misma edad que Emanuele, una situación de vida afín y una proximidad geográfica aceptable). Más a menudo de lo que nos gustaría, determinadas omisiones salen a la luz cuando estamos acompañados, casi como si quisiéramos asegurarnos de que hubiera testigos, cómplices, o como si, más cobardemente, buscásemos limitar las posibles reacciones del otro con una presencia externa.

Nora se puso a la defensiva:

—Si no sirve para nada, como crees tú, pues no habrá habido ninguna diferencia, digo yo.

El razonamiento era intachable, pero me parecía que había algo erróneo, que caer en la trampa de la superstición, convencerse de la existencia de un remedio fácil, era el enésimo engaño en el que el tumor había metido a la señora A. Los dieciséis meses de calvario no me habían bastado para decidir si el mayor favor que podíamos hacerle era acercarla a la verdad o, por el contrario, fomentar una esperanza ficticia, pero seguía decantándome por el crudo realismo.

—¿Qué preferiríais vosotros? —pregunté a nuestros invitados—. Con un diagnóstico así, quiero decir. ¿No querríais como mínimo tener el privilegio de que no os tomaran por tontos?

Los dos se mostraron esquivos. Se daban cuenta de que estaba más implicado emocionalmente de lo que quería aparentar, y tal vez el cáncer de una persona de nuestro entorno no les parecía un buen tema de conversación para los postres.

—Yo valoro mi lucidez más que cualquier otra cosa —dije—, no me gustaría traicionarla precisamente al final.

—Qué pena —replicó Nora, dando a entender que no sólo estaba avergonzando a nuestros amigos, sino que además la había ofendido.

—¿Por qué te da pena?

Recogió los cuencos vacíos con un movimiento brusco y contestó:

—Dejémoslo. Total, no vas a entenderlo.

Cuando nos quedamos solos, busqué su perdón haciéndola reír. Le recordé lo mucho que había insistido, años antes, para que lleváramos a Emanuele a un pediatra vegano.

—¿Te acuerdas? Quería que lo destetáramos con semillas de comino y mijo, como si fuera un pollo.

Y también rememoré aquella vez en que Nora me había enviado a un célebre hipnotizador para que curara mi insomnio (una sugerencia de su madre, como la anterior). Con la hipnosis no caí en estado de trance, sino que me quedé más despierto que nunca durante todo el día.

—¿Qué visualiza? —me preguntaba la voz de barítono del doctor.

—Nada. Lo siento.

Percibía cómo su nerviosismo iba en aumento y me inquietaba yo también, porque me parecía que le faltaba al respeto. Llegado a cierto punto de la relajación, empecé a marearme. Él se aferró de inmediato a ese síntoma y lo interpretó como el residuo de un trastorno del oído interno:

—Aseguraría que tuvo paperas.

—En efecto. Pero a los cinco años.

—Ajá. Pasó miedo, ¿verdad?

—No sabría decirle.

—¡Pues claro que pasó miedo! Piense en ese niño indefenso que sufre vértigo por primera vez, que no tiene ni idea de lo que le pasa y siente miedo, mucho miedo. ¿Lo ve?

—No...

—Cójalo en brazos.

—¿En brazos? ¿A quién?

—Coja en brazos a ese niño. Acúnelo dulcemente, acarícielo. Cuide a su yo de entonces, susúrrele que no tenga miedo...

¡Un, dos, tres! Y me desperté, satisfecho.

Recordando aquello, dije a mi mujer, que por fin sonreía:

—Todo lo que siempre he confundido con traumas tremendos podría ser simplemente consecuencia de unas paperas. ¿Te das cuenta de lo que me hicisteis descubrir la visionaria de tu madre y tú? Ven aquí, acércate un poco, ayúdame a acunar al niño afligido que llevo dentro.

Lo cierto era que habían ido al acupuntor totalmente convencidas. Nora, su madre y la señora A., las tres juntas en la consulta del doctor ciego que había conseguido que mi suegra dejara de fumar, y, posteriormente, que dejara de atiborrarse a helados en plena noche. También le había curado la lumbalgia, las migrañas atroces de después de la separación, un episodio de hemorroides y ciertos problemas genéricos de autoestima.

—¿Cómo puede ser ciego un acupuntor? —me permití preguntarle un día.

—Perdió la vista por la diabetes. A veces se olvida de quitarte alguna aguja, pero te das cuenta en cuanto te metes en la ducha.

Por lo menos, en aquella ocasión la señora A. se había desnudado delante de alguien que no podía constatar su triste deterioro. El doctor buscaba los puntos en los que clavar las agujas tanteando la piel con las yemas de sus dedos tibios y muy ágiles. La señora A. temblaba (en parte por el frío), él se dio cuenta y le puso las palmas sobre las orejas durante unos segundos: los escalofríos cesaron al instante. ¿Cuánto hacía que un hombre no la rozaba con tanta dulzura? Los médicos se protegían siempre con guantes y eran casi todos jóvenes y gélidos, pero aquel acupuntor con los ojos velados... tenía un tacto delicado y una voz preciosa, persuasiva y profunda.

Le explicó que en las sinuosas curvas del pabellón auricular se reproducía la forma de un feto boca abajo, un feto que esperaba ver la luz, y que estimulando adecuadamente los centros nerviosos de ese individuo en miniatura era posible curar la totalidad del cuerpo. La señora A. escuchaba con atención, se tragaba aquellas palabras y se imaginaba la copia en miniatura de la masa tumoral en la oreja, se la imaginaba atravesada por una aguja: en aquel mismo instante, como por arte de magia, la masa que tenía en el pecho se disolvía.

—¿Me dolerá? —preguntó.

—En absoluto. Las agujas son muy finas.

—Qué lástima.

Quería que la bestia que llevaba dentro muriera con dolor, que supiera al menos durante un instante lo que había sufrido ella. Era curiosa la ambivalencia que demostraba ante el cáncer llegado aquel momento: unas veces hablaba de él como de una parte debilitada de sí misma, otras como de una vida ajena instalada dentro de su organismo, algo que había que arrancar sin más.

—Ahora cierre los ojos —dijo el médico ciego— y piense en algo agradable.

Algo agradable. Y así, por primera vez después de tanto tiempo, echada en la enésima camilla de la enésima consulta médica, inmóvil para que las agujas que salían de su cuerpo como si fuera un puercoespín no se doblaran, ni se movieran, ni se clavaran más, la señora A. recordó el día de finales de octubre en que se había casado con Renato. Recordó los arces con las hojas rojo sangre, como heridas en el costado del valle. Llevaba un traje que le había cosido una modista, idéntico al de Paola Ruffo di Calabria, aunque para darle un toque personal había encargado una diadema de capullos blancos a otra modista de la calle XX Settembre. Debía de estar todavía en el armario, todo, el traje y el armazón de la diadema, junto al ajuar, que había guardado de inmediato y luego nunca se había atrevido a sacar. La inundó una tristeza afilada al pensar en aquellas sábanas y en aquellos manteles, tan bonitos y nunca utilizados por un exceso de celo.

Luego, a saber por qué conexión, quizá porque el chiquillo tenía el vicio de abrir todas las puertas de la casa para ver qué había dentro, la concentración de la señora A. se desplazó hacia Emanuele. Lo veía aquella mañana en que decidió soltar sus manos de la pata de la silla y dar tres pasos inciertos hacia ella, para acabar aferrándose a sus medias. Había sido ella quien había asistido a aquel milagro doméstico. Nora y yo, en cierto modo, nos habíamos llegado a sentir ofendidos, en gran medida porque no dejó de vanagloriarse de ello durante mucho tiempo.

—Ha empezado a andar conmigo —proclamaba con orgullo, y volvía a contar el episodio desde el principio.

Emanuele la oyó repetirlo tantas veces que acabó confundiendo aquel relato con un recuerdo.

—Sí, estoy seguro —decía—. Solté la silla y fui andando hasta ella, me agarré a sus medias.

Tras la desaparición de Babette, renunciamos a contradecirlo.

Había una frase que la señora A. decía a menudo al referirse a nuestro hijo: «Tú prueba a ponerlo con diez más de su edad. A su lado, son todos como ardillas.» No se equivocaba, al menos en parte. Desde que nació, Emanuele ha tenido un cuerpo proporcionado y armónico, con unos rasgos impecables, y la diferencia con los demás niños ya fue evidente al verlo rodeado de las otras cunas de plástico del hospital. En la habitación, Nora y la señora A. se felicitaban la una a la otra por la forma perfecta de la cabeza, tan pequeña y tan redonda (la cesárea le había ofrecido esa ventaja), y por el hecho de que tuviera la piel clara y uniforme desde un principio, sin las rojeces que daban a los demás recién nacidos un aspecto algo monstruoso.

A las pocas semanas, también yo, que me consideraba inmune al atontamiento, caí en la trampa de su belleza. Lo tuve pegado a mí todo el tiempo que pude, hasta los cuatro o los cinco años. En ocasiones se me presentaba un problema vergonzoso: abrazar el cuerpo desnudo y blando de mi hijo me provocaba manifestaciones incontroladas de excitación sexual. Eran respuestas físicas desvinculadas de cualquier pensamiento, pero de todos modos me dejaban consternado, y más de una vez lo alejé de mí por ese motivo. Cuando Nora se dio cuenta, nos acarició primero a mí y luego a él.

—No tiene nada de malo —aseguró—. Yo también lo siento con todos los órganos.

Luego Emanuele fue creciendo, más deprisa de lo previsto, y nos pusimos a tratar de acelerar su maduración a toda costa, sin comprender que los que salíamos perdiendo éramos nosotros. Nunca era lo bastante espabilado, nunca lo bastante responsable, nunca razonaba de forma suficientemente estructurada. Sólo con la señora A. se permitía retroceder al estado de niño pequeño, que era como se sentía todavía. Ella lo cogía en brazos, lo acunaba cuando nosotros hacía mucho que habíamos dejado de hacerlo, le permitía ser caprichoso y repetitivo en sus manifestaciones, lo ayudaba en cosas que, en nuestra opinión, ya debería haber sabido despachar con autonomía (pero ¿acaso no nos comportábamos Nora y yo del mismo modo al abandonarnos a los cuidados de Babette?). Quizá era su presencia atenuante lo que me impedía ver a Emanuele tal como era en realidad: no un prodigio, sino un niño situado en la media, cuando no un poco por debajo, un niño propenso a la susceptibilidad para el que la comprensión, en especial de lo abstracto, iba siempre acompañada de esfuerzo, de miedo, de una necesidad de repetición agotadora. Descubrirlo fue doloroso tanto para nosotros como para él, y quizá en ese aspecto aún estoy molesto con la señora A., que fue su escudo durante tanto tiempo.

Recuerdo un episodio. Emanuele iba a segundo del parvulario y hasta entonces no había demostrado ninguna facilidad para el dibujo. En sus garabatos había algo inquietante, aunque nunca habíamos prestado mucha atención a ese detalle (¿qué importancia tiene en la vida saber colorear dentro de los bordes?), o al menos así fue hasta el día en que fui a recogerlo y, en el vestíbulo de las taquillas, donde padres y abuelos en cuclillas ayudaban a sus respectivos hijos y nietos a ponerse los zapatos, me fijé en los autorretratos que habían hecho los niños con témperas, colocados uno al lado del otro formando una cornisa. El de

Emanuele, que no estaba precisamente en un lugar discreto, era distinto de los demás, una mancha amorfa de rosa con dos trazos inclinados que representaban sus ojos. Consciente de la diferencia, sintió la obligación de dejar las cosas claras de inmediato.

—El mío es el más feo —dijo, como si hiciera falta precisarlo.

Más tarde, conté lo sucedido a Nora y a la señora A. Simplemente desahogué mi disgusto: si nuestro hijo iba por detrás de los demás en dibujo, y si eso era una señal inequívoca de que en el futuro iría por detrás en un montón de cosas más (yo a su edad dibujaba muy bien), no había más remedio que aceptarlo. Ser padres supone también, me parecía evidente, exponerse de forma continuada a la posibilidad de la humillación.

Nora y la señora A. me escucharon de brazos cruzados. Luego, sin decirse nada, sin que yo me imaginara ni remotamente sus intenciones ni tuviera forma de pararles los pies, salieron de casa y se dirigieron al colegio. Allí, juntas las dos, como una madre y una hija, habían exigido la retirada inmediata de los dibujos con témperas. Volvieron a casa victoriosas, sin haber aplacado del todo la rabia, y me hicieron pensar en dos osas pardas que regresaban a su cueva tras un enfrentamiento sangriento con una manada de lobos que amenazaba a su camada.

No obstante, con el paso del tiempo el contraste con sus compañeros se hizo más obvio, y las represalias de Nora y la señora A. dejaron de ser suficientes. Al empezar segundo de primaria, Emanuele seguía confundiendo la B y la D, la derecha y la izquierda, el antes y el después, lo cual me parecía intolerable.

—Te parece intolerable porque tu concepto de la inteligencia es limitado —me rebatía Nora—. El niño tiene una imaginación enorme, pero eso para ti y para tu familia no cuenta, ¿verdad? Para vosotros sólo existe la infalibilidad escolar.

—¿A qué viene meter ahora a mi familia en esto?

—Los dos antropólogos y el pequeño físico, con las mejores notas del colegio y sus publicaciones en revistas. Mejor di la verdad, reconoce que el hecho de que tu hijo no sea un genio de las matemáticas hace que te sientas humillado.

Ah, ella tenía razón, sin duda eso también era cierto, pero aquel día le contesté mal a propósito:

—Por desgracia, la predisposición para las matemáticas es genética.

Nora negó con la cabeza antes de contestar:

—Y será que él ha tenido la mala suerte de heredarla de la peor parte.

Y aquí estamos ahora, Emanuele y yo, frente a frente otro sábado por la mañana, el momento que los dos detestamos más de toda la semana. Nos hemos sentado a la mesa del cuarto de estar, una mesa de haya sin barnizar que Nora encargó a uno de sus diseñadores belgas y por culpa de la cual nos tiene aterrorizados, no vaya a ser que dejemos algún rastro involuntario de bolígrafo. Hojeo poco a poco el cuaderno de aritmética, el olor de la cubierta de plástico brillante me recuerda a uno idéntico de mi infancia. Parece un campo de batalla: hay marcas rojas por todas partes, líneas diagonales que tachan páginas enteras, protestas y signos de admiración.

—¿Y esto qué es? —pregunto.

—La maestra me arrancó la hoja.

—¿Ah, sí? ¿Y por qué?

—Lo hice todo mal.

Luchamos durante media hora contra las multiplicaciones, cada vez más enfurruñados.

—¿Siete por uno?

—Siete.

—¿Siete por seis?

Emanuele cuenta con los dedos, muy despacio.

—Cuarenta y cuatro.

—No, cuarenta y dos. ¿Siete por cero?

—Siete.

Es irónico o, mejor dicho, sádico: con una licenciatura en Física Teórica, un posgrado en Teoría Cuántica de Campos y una familiaridad general con el formalismo más avanzado del cálculo simbólico, me veo incapaz de trasladar a la cabeza de mi hijo el motivo por el que cualquier número multiplicado por cero da cero. Tengo la impresión de ver el interior de su cráneo, con el cerebro flotando en una niebla en la que las afirmaciones se dispersan sin construir ningún sentido.

—¡Es cero! ¡Cero! —grito, perdiendo la paciencia—. ¡Si no consigues entenderlo, al menos apréndetelo de memoria!

Le pongo el pulgar y el índice a dos centímetros de la nariz, formando un círculo vacío, y queda claro que con ese cero quiero definirlo a él.

—Pero ¡no sale en la tabla! —se defiende.

—¿Qué tiene que ver la tabla? ¡Lo que pasa es que eres un cabeza de chorlito!

En ese momento interviene Nora, que me pide que me aparte. Ya sigue ella. Desde la cocina, donde intento recuperar el control, oigo cómo resuelve las multiplicaciones por él.

Invierno

Tras años de convivencia, puede suceder que veamos símbolos por todas partes, rastros de la persona con la que compartimos nuestros espacios desde hace tanto tiempo. En mi caso, me encuentro a Nora en todos los rincones de casa, sin buscarla, como si su alma se hubiera posado como un fino polvo sobre los objetos; la señora A., por su parte, se topaba constantemente, también durante su último año, con el tenue holograma de Renato. Cada vez que se detenía a mirar por la ventana la empinadísima cuesta que bajaba del patio del edificio a la calle, se acordaba del día en que, saltándose la prohibición de su marido, había robado las llaves del platillo de la entrada y había sacado el coche del garaje. Él no quería que su mujer condujera, pero se había puesto enfermo y había que llevarlo al hospital tres veces por semana para la diálisis. ¿Quién iba a hacerlo, sino ella?

—Rocé el lado derecho contra una esquina —me contó—, pero luego volví a casa y le dije: «¡Venga, prepárate!»

Mencionaba a menudo esa pequeña heroicidad, la consideraba un paso importante que marcaba a un tiempo el inicio del ocaso de Renato y el amanecer de su emancipación. La suya, hasta aquel momento, había sido una unión ordenada, mucho más ordenada que la mía con Nora, ya que nosotros intercambiábamos continuamente los papeles de marido y mujer, lo hacíamos hasta el punto de no llegar a distinguir qué competía a uno y qué al otro. Renato conducía, la señora A. no; la señora A. quitaba el polvo de los estantes, Renato no: cada tarea estaba adjudicada a uno solo desde el principio. El matrimonio vivido al margen de los roles preestablecidos le resultaba extraño, y es posible que eso contribuyera a la seguridad que nos transmitía su presencia, porque gracias a ella experimentábamos una nostalgia un poco ruin de un modelo de familia venido a menos, simplificado, un modelo según el cual no había que serlo todo al mismo tiempo (hombre y mujer, lógico y sentimental, sumiso y severo, romántico y chabacano), un modelo distinto del que en nuestros días nos confiere una responsabilidad tan amplia e indiferenciada que al final siempre nos impide llegar a todo.

En líneas generales, la señora A. se mostraba indulgente ante nuestra confusa promiscuidad organizativa, la perdonaba como un defecto moderno, pero por instinto estaba en contra. No toleraba verme trajinar con la colada, ni concebía que Nora pudiera empuñar el taladro y hacer un agujero en la pared (operación que se le da mucho mejor que a mí). En esas situaciones, encontraba la forma de apartarnos a los dos y seguir el trabajo en nuestro lugar, ella sí que podía ocuparse de todo desde que la viudedad la había convertido en una criatura perfectamente andrógina. Su desaparición fue también, en cierto sentido, una oportunidad de salvación: si nos hubiéramos fiado demasiado tiempo de su mirada, tal vez habríamos acabado atrapados en las encarnaciones del marido audaz y la mujer subordinada, en una repetición del matrimonio tal como se concebía hace cincuenta años.

Era una mujer convencional, rebosante de doctrina y machista hasta la fatalidad, pero no era consciente de ello. Es curioso hasta qué punto la forma que tenía de dirigirse a mí, ligeramente más obsequiosa que la que reservaba a Nora, me confirmaba como señor de la casa. Parecía que no tenía elección, que debía atribuir más crédito a mis opiniones, prestar más atención a mis exigencias, dar más importancia a mi carácter que al de mi mujer, por mucho que todo su afecto fuera para Nora.

Un verano, convencí a Nora para que empezara antes las vacaciones con su madre y Emanuele. Durante aquel pequeño período de soltería, la señora A. se ocupó de mí con más diligencia que nunca. Se deleitaba preparando platos que Nora le habría prohibido y con frecuencia se quedaba también a cenar (cosa que no había hecho nunca) para hacerme compañía. Por la mañana se presentaba antes de su hora habitual provista de la cosecha diaria del huerto, y cuando yo me levantaba ya había puesto la mesa del desayuno y había dejado al lado de mi mochila un paquete con el almuerzo, para que me lo comiera luego en la universidad en lugar de los bocadillos de la cafetería, que, según decía, sólo servían para hacerme engordar. Llegó incluso a comprar un ramo de gerberas naranja que colocó en el centro de la mesa. Jugaba a ser la esposa entregada, y yo no se lo impedía.

Era un mes de julio bochornoso y aún no habíamos instalado el aire acondicionado, por lo que solía pasearme por el piso en ropa interior, con la impresión de que sus ojos me seguían, de que le daba placer mirarme. Por absurdo que pueda parecer, al cabo de una semana flotaba por las habitaciones una leve carga erótica.

Cuando Nora volvió, ya me había acostumbrado a aquella extraña confianza. La primera vez que me vio aparecer en calzoncillos delante de la señora A., me pidió que la acompañara al dormitorio y, una vez allí, me ordenó que me pusiera unos pantalones.

—¿Ahora tienes celos hasta de Babette? —pregunté, tomándole el pelo—. ¿Sabes qué? No le veo dobles intenciones.

—Pero no deja de ser una mujer —contestó ella, muy seria—. Que no se te olvide.

La ventana desde la que Renato, con el corazón en un puño, vio a la señora A. abordar la rampa al volante de su coche, es la misma desde la que ella, en febrero del año 2012, observa la nada. Una perturbación atlántica se ha situado en el norte de la península y ha descargado en poco tiempo más nieve de la que habíamos visto en los últimos diez años. La temperatura no supera los cero grados ni siquiera en las horas centrales del día, y en las calles han aparecido pasillos resplandecientes de hielo en los que la gente resbala y se rompe una muñeca, un tobillo, el sacro... Los servicios de Urgencias están colapsados, de manera que el departamento de Protección Civil ha recomendado que todo el mundo se quede en casa, y la señora A. es de las pocas personas que obedecen.

Ninguno de los inquilinos se ha molestado en quitar la nieve del patio: antes que hacer ese esfuerzo prefieren aparcar junto al bordillo. Ella era la única que salía con una pala, cuando aún tenía fuerzas, cuando había un buen motivo para salir, y el buen motivo éramos nosotros. Si nevaba, tratábamos de convencerla para que se quedara a pasar la noche. Poníamos una cama plegable en la habitación de Emanuele, pero la señora A. siempre quería volver a su casa, quizá porque el espíritu de Renato la esperaba para cenar, de modo que se enfrentaba a las carreteras resbaladizas para llegar a Rubiana a bordo de su microscópico coche.

—Ella viene aunque haya una tempestad —comentaba Nora, sorprendida una y otra vez por tanta entrega—, mientras que mi madre, si hay un poco de niebla, ya no conduce. De pequeña no me llevaba nunca al dentista por la niebla, por eso ahora tengo todos los dientes hechos polvo. Qué cabrona.

Si, desde el exterior, alguien distinguiera ahora el perfil de la señora A. en la ventana, no sabría si pertenece a un hombre o a una mujer. La delgadez ha borrado sus atributos femeninos, en su cabeza calva y como reducida lleva el gorro de noche de color verde menta (con el tercer ciclo de quimioterapia, de repente se le ha caído todo el pelo), y por lo general viste unos pantalones y un jersey oscuros que le quedan tan anchos como un uniforme carcelario. Eso es precisamente estos días: una prisionera. La esponjosa capa de nieve que hay en el suelo, un espectáculo que siempre la ha embelesado, le parece un abismo infranqueable.

El mal tiempo la mantiene recluida en su piso durante catorce días consecutivos. El marido de Giulietta le lleva la compra dos veces, una compra genérica muy distinta de la que habría hecho ella misma. Quienes nos cuidan casi nunca tienen la lucidez de hacerlo como nos gustaría, pero hay que conformarse: eso ya es mucho. Unos cuantos grumos de nieve se despegan de las botas del señor mientras le hace las preguntas de rigor y luego se funden en el suelo del vestíbulo, no más allá, en un charquito que no se molesta en limpiar.

Las visitas se limitan a eso. Es difícil entrar en su refugio. El cáncer, su peor enemigo, es la única compañía que le queda. Por otra parte, ya no le importa nada más que el calendario clínico que marca los días, las semanas, los meses. Ahora pasa tardes enteras en la cama, con el televisor encendido, dormitando ante las imágenes de chicas exuberantes que hablan de sus muchos novios; se lo cuentan a ella, que ha sido fiel a

110

un mismo hombre toda su vida. La señora A. no las juzga, no las envidia. Sencillamente, pertenecen a una raza nueva, son extraterrestres, y sus aventuras apenas le importan.

La verdad es que la PET y el segundo TAC revelaron un fracaso absoluto del tratamiento. La masa tumoral había aumentado tres milímetros de diámetro, como si el veneno se hubiera repartido por todas partes menos por donde era necesario. El sacrificio del pelo, los trece kilos que había adelgazado y todas aquellas vomitonas tan desagradables no habían servido para nada. La oncóloga que la llevaba desde el principio no mostró la más mínima emoción al anunciarle los resultados; de hecho, no mostraba nunca emoción alguna, pero era un rasgo de su carácter que la señora A. había llegado a apreciar, aunque después de haberlo sufrido mucho. La doctora tenía la frialdad teutónica de una estratega militar, una frialdad que iba bien con su melena cobriza, densa y abundante. No podía detenerse en las repercusiones emocionales de todas las noticias que transmitía, de otro modo su estado de ánimo, con treinta pacientes en vilo entre la supervivencia y la muerte, habría sido una montaña rusa constante.

—Pero hay un aspecto positivo —añadió—: por el momento no han aparecido metástasis. El tumor parece... congelado.

En la visita estaba también presente Nora, que se había empeñado en acompañar a la señora A., quizá porque tenía el presentimiento de que iban a darle malas noticias. Luego me contó que la doctora había elegido una metáfora que encajaba en el contexto meteorológico para mentir a Babette. Mientras la paciente se metía en el baño para recomponer un semblante trastornado por el llanto, Nora preguntó:

—¿Cuánto le queda?

La oncóloga suspiró, demostrando con ello cierta impaciencia ante ese tipo de preguntas, porque, tarde o temprano, en las historias de cáncer aparece alguien que quiere saber una fecha, banalizar el sentido de la terapia, y en aquel caso se trataba de Nora.

—Seis meses. Quizá.

Con la perspectiva que nos da el paso del tiempo, puede decirse que la doctora fue demasiado severa, que no tuvo en cuenta el carácter excepcional de la señora A.: subestimó el cálculo casi en un cincuenta por ciento.

Transcurridos quince días de reclusión, la señora A. se despierta con un dolor en la mano tan agudo que le entran ganas de gritar. Llama a Urgencias. Los vecinos del inmueble contemplan tras los cristales la ambulancia que patina peligrosamente por la rampa, los relámpagos de luz que iluminan de azul y naranja el manto de nieve y, finalmente, a la señora A. abrigada con una manta de aluminio mientras la sacan por la puerta de atrás.

Después de esta mañana, no volverá a subir a su Fiat Seicento azul celeste. Se acabó la emancipación. Basta rendirse una vez para descubrir que ya no se tiene el valor necesario, y ahora la sola idea de conducir un vehículo, aunque sea un triciclo, de controlar al mismo tiempo el volante, los pedales y las marchas mientras mira los retrovisores y tiene presentes los muchísimos vehículos que la adelantan o que se le echan encima desde el carril contrario, la aterra, como si el conjunto de todas esas acciones que hasta un momento antes constituían una unidad se hubiera desintegrado. El coche no se mueve durante el resto del invierno, y la batería se descarga minuto a minuto hasta que una prima (no sé cuál) va a recogerlo para llevárselo a un sobrino o quizá para venderlo.

La señora A. rellena los formularios para los viajes de ida y vuelta al hospital en ambulancia. En la respuesta inmediata y positiva que recibe puede leer «invalidez permanente» y el adjetivo «grave», dos términos de los que se quejará largo y tendido, incluso conmigo. Allí donde los hechos aún no habían podido llegar, sí lo hicieron las palabras, golpeándola con mucha más dureza.

Debió de ser más o menos en ese período cuando le hablé de la señora A. a mi terapeuta. Mientras me escuchaba, sacudía con impaciencia la pierna derecha y fumaba más de lo habitual. Durante una sesión, dijo una frase que en aquel momento se me antojó gratuita y desdeñosa:

—Las historias de cáncer son todas iguales.

Hablamos de si era o no razonable pensar que las circunstancias de la muerte de una persona reflejan en parte lo que ha sido esa persona en vida. Yo me preguntaba si la señora A. se merecía lo que estaba pasándole, o por lo menos si había contribuido con su actitud a que le sucediera algo así. Porque a eso, sobre todo a eso, no parecía resignarse: no aceptaba aquel castigo que le parecía tan injusto.

Mi abuelo fue un hombre mezquino, no quería a nadie ya mucho antes de sufrir demencia, tan colérico que suscitó en mí una profunda animadversión hacia los ancianos y hacia la vejez en general (un rechazo inconfesable que duró más o menos hasta que la señora A., con su obstinada abnegación, consiguió subvertirlo), y en su caso sí, caerse de la escalera apoyada en el cerezo y agonizar por los suelos durante toda una noche, sin que nadie lo viera, mientras la lluvia lo empapaba, había sido un fin congruente. Pero ¿qué culpa debía expiar la señora A.? Y si tenía sentido buscar una correlación entre las dinámicas de la muerte y las faltas de la vida, ¿qué fin podía esperarme a mí?

Mi terapeuta, que por lo general se deja llevar con entusiasmo por las correspondencias, me interrumpió fríamente.

—No hay demasiada diferencia entre una muerte y otra, casi todos acabamos asfixiándonos —afirmó. Luego, como para recuperar fuerzas, se recolocó en su butaca, algo pequeña para alguien tan corpulento—. Y ahora vamos a dejar a un lado a la asistenta. En lugar de eso vamos a hablar de su mujer.

—¿De Nora? ¿Por qué?

El espantapájaros

Si no hubiera sido por el talento de mi mujer para las conversaciones telefónicas, si no hubiera sido por la disciplina heroica con la que completa todas las semanas la ronda de amigos y conocidos, dedicando a cada uno el tiempo que merece, a partir de la primavera no habríamos sabido gran cosa de la señora A. Si no hubiera sido por Nora y su fidelidad al teléfono, desde luego en los últimos años no habrían sucedido muchas cosas; por ejemplo, nosotros dos no nos habríamos enamorado.

Yo era un muchacho impaciente que no mantenía un diálogo durante más de unos pocos minutos si no era frente a frente: estaba poco predispuesto a la charla intrascendente, era arisco y siempre tenía algo delante que exigía mi atención, con frecuencia una página de apuntes. Mis amigos lo sabían, y además estaban programados más o menos igual, por lo que las comunicaciones entre nosotros se producían preferentemente mediante mensajes de texto concisos o correos electrónicos de pocas líneas, que nos salían gratis. Con veinte años, me había ganado una reputación discutible por haber tratado mal a una compañera de clase que estaba prendada de mí y que además me gustaba. Todas las tardes me telefoneaba sin un motivo particular, tan sólo, aseguraba, para charlar un poco. Un día tuve el valor de decirle que no volviera a llamarme porque, quizá a diferencia de ella, tenía ocupaciones más importantes a las que dedicarme: ¿no sería más conveniente vernos en la universidad o quedar alguna vez?, ¿no podía hacerme el favor de reservar todas las cosas interesantes que tuviera que decirme hasta la pausa de la mañana siguiente?

Nora había conseguido desmontar todo aquello. La cantidad de tiempo que pasaba al teléfono con ella enseguida me había suscitado la duda (espantosa, inquietante) de si estaba sucediendo algo inédito: a mí, a ella, a los dos juntos. Me encontrara donde me encontrara, y estuviera con quien estuviera, tenía tiempo para hablar con ella, alejándome sin miramientos de personas y tareas. Al acabar la llamada, miraba en la pantalla cuánto había durado y me quedaba asombrado ante la ausencia de remordimientos, ante las ganas que sentía, por el contrario, de volver a marcar su número. Me recuerdo como en una secuencia andando en círculos, mirándome los pies, pendiente sobre todo de Nora y de sus pausas, mientras se me recalentaba la oreja contra el minúsculo vidrio del aparato y empezaba a sudarme ligeramente la palma de la mano. Aún me toma el pelo por cómo era antes de conocerla, y creo que nunca dejará de hacerlo.

—Cuando pienso en dónde te encontré —dice—, en aquel agujero en el que te habías escondido, tan tenso y tan asustado, con tus quarks...

Supongo que para mí el enamoramiento siempre será algo muy parecido a un rescate.

En mayo, Nora, con su tono de voz agudo y vivaz (y, no obstante, demasiado alto, hasta el punto de exasperarme y de obligarme a pedirle que baje el volumen), recurre a la misma capacidad mayéutica que utilizó conmigo para implicar a nuestra huraña y apagada señora A. en las frívolas conversaciones telefónicas de antaño. Ha llegado a esa fase en que la enfermedad parece dar una tregua. La mágica desaparición de los síntomas, de todos los síntomas, incluidos los relacionados con la toxicidad de la quimioterapia, ha reactivado su interés por el mundo que sigue existiendo fuera de su cuerpo. De ahí el resurgir de los horóscopos, de ahí la sabiduría condensada en frases cortantes, de ahí las detalladas disertaciones sobre la mejor forma de preparar los calabacines que ahora empiezan a llenar en abundancia los mostradores del mercado (sí, ha recuperado el apetito, ¡qué gran alegría!), de ahí, en resumen, la vuelta de Babette, la mujer que conocemos y queremos, la plataforma en la que se apoyan todos y que nadie sostiene.

Escucho a Nora, que escucha a la señora A., medio dormido. Es sábado por la mañana y ya han dado las diez, pero seguimos remoloneando en la cama mientras Emanuele trajina en su cuarto, haciendo más ruido del necesario para captar nuestra atención. El descanso nos ha dejado con una disposición de ánimo serena y generosa, adecuada para la solidaridad. Mientras la señora A. informa a Nora sobre la regresión del cáncer, sobre su pelo, que está volviendo a crecer más deprisa de lo previsto, algo más ralo que antes y sorprendentemente más oscuro (algunos incluso le salen castaños), me pregunto si es consciente de que su paraíso reencontrado es una fase habitual, un alivio momentáneo, efímero y un poco sádico, que no representa nada más que el anuncio del abismo definitivo.

Sólo deja entrever cierta conciencia de la situación hacia el final de la charla, cuando, movida por el entusiasmo, Nora le pregunta si ahora que ha recuperado las fuerzas ya se siente a punto para volver a ocuparse del huerto.

—No, el huerto no. —De repente se repliega—. Para eso estoy demasiado débil.

Se despiden al poco rato, con el regusto amargo del desaliento en la boca.

A pesar de todo, el sentido común del que siempre ha hecho gala la señora A. le impone vivir ese último período de bienestar como si no fuera a acabar. Por suerte, la función teatral de Emanuele cae justo en esos dos meses, o poco más, de mejoría. En la representación de *El mago de Oz* lo han elegido para interpretar un papel ligeramente histriónico, el del espantapájaros, pero es uno de los protagonistas, lo que ha enorgullecido más a Nora que al niño, que habría preferido ser el león, con su melena rojiza y majestuosa.

118

Encargamos a la señora A. la confección del traje. Tiene todavía una destreza admirable y el pulso firme, sin titubeos ni temblores, cuando busca con el hilo mojado en saliva el ojo de la aguja. El resultado de una tarde de trabajo es formidable: ha llenado de parches los pantalones de un peto desgarrado, ha adaptado una camisa mía a las medidas de Emanuele y lo ha decorado todo, incluidas unas botas que ha habido que comprar, con pedazos de lana amarilla que simulan los tallos de paja. Ya disfrazado, Emanuele brinca a su alrededor con las manos en los costados, como si fuera un duendecillo, y durante unos pocos minutos vuelven a perderse el uno en la otra. Será la última exhibición privada de nuestro hijo para su afectuosa niñera, subyugada por su belleza infantil. Tengo la tentación de agarrar el primer aparato que encuentre para hacerles fotos, pero sé que el equilibrio del momento es frágil y no quiero perturbarlo.

Al final, la representación se desarrolla en un clima muy alejado de la complicidad de ese preludio doméstico. La adhesión inesperada de todos los miembros de la familia de Nora provoca cierto grado de congestión sentimental ya durante la larga espera. Los abuelos se han acicalado como para una fiesta de gala (la madre con un llamativo vestido de noche, y su primer marido y el actual con sendas americanas de espiguilla de curioso parecido), y de repente parecen todos de lo más incómodos por encontrarse en el escueto vestíbulo de un colegio de primaria, entre decenas de padres en vaqueros y manga corta. Esperan algo de Nora y de mí, que los sentemos en butacas acordes con su atuendo, que les llevemos algo de beber o al menos que nos inventemos una forma de entretenerlos

Además, el gimnasio en el que se representa la función resulta demasiado pequeño para acoger a esa multitud informe de padres. Antonio, que quería deslumbrar a todo el mundo con su equipo fotográfico, con trípode y pantalla blanca reflectante incluidos, discute sin reparos con un señor que, según él, se le mete en el encuadre y que finalmente le sugiere con grosería lo que puede hacer con esa pantalla. A la señora A., al ser bajita, le impide ver la escena un muro compacto de espaldas y chaquetas. Ella también nos lanza miradas de decepción, pero lo cierto es que nosotros mismos casi no vemos la tarima, que apenas está elevada del suelo, y no sabemos cómo ayudarla. Debido al aire viciado y recalentado, y a la larga espera de pie, se marea. Una mujer la sostiene y la abanica con un papel. Antes de que termine la obra, antes incluso de que su nieto adoptivo haya salido a escena, la señora A. se abre paso entre la gente y se va.

A la salida, Emanuele pregunta de inmediato por ella:

—¿Dónde está Babette?

—Se encontraba mal, pero lo ha visto todo y ha dicho que lo has hecho de maravilla.

El niño deja caer los hombros, y en su rostro se dibuja una expresión de abatimiento tan marcada que me pregunto si aún sigue interpretando su papel de espantapájaros o si de verdad se le ha partido un pedazo del corazón.

Las alabanzas exageradas de tantísimos abuelos no consiguen levantarle el ánimo. En el linóleo a rayas de la tarima, Emanuele se ha exhibido sobre todo para la señora A. y para nosotros, pero su felicidad no equivale a dos tercios del total esperado, porque la ausencia de su niñera pesa más que nuestra presencia.

Nos alejamos a toda prisa de las despedidas y volvemos a casa andando, solos los tres: dos padres y un pequeño espantapájaros afligido que no nos suelta la mano hasta llegar al portal, como para decirnos que lo ha entendido, que ha entendido que la gente se distancia, que la gente se va sin más, para siempre, pero nosotros no, a nosotros no nos lo permitirá, por lo menos mientras nos tenga tan bien agarrados.

Vasos comunicantes

Todo niño es también un sismógrafo excepcional. Emanuele lo entendió antes que nosotros, percibió la sacudida que iba a producirse, por eso nos aferraba tanto la mano la tarde de la función. Tras el abandono de la señora A., todo fue un desmoronamiento subterráneo, un corrimiento silencioso de placas y capas freáticas, y a lo largo del verano descubriríamos que el epicentro de la colisión estaba ubicado en el vientre de Nora.

Una mañana, ya vestida para salir, me anunció que tenía un retraso de dos semanas. No parecía una noticia que hubiera que dar de aquella manera, de pie y con prisa, con las llaves del coche en el puño y un tono de voz tan plano.

—¿Te has hecho la prueba? —pregunté, sobre todo para ganar tiempo y transformar mi reacción en algo mejor que el desconcierto.

—No. Me gustaría que antes decidiéramos cómo actuar.

—¿Cómo actuar?

Nora se sentó a la mesa ante la cual yo acababa de dejar de beber el café a pequeños sorbos. No se me acercó ni se conmovió al decir las palabras que siguieron inmediatamente; las pronunció como si se tratara de un breve discurso aprendido de memoria:

—Es mejor que lo hablemos ahora. Yo no me veo preparada. No tengo energía suficiente. Apenas me llega para hacer mi trabajo y cuidar de Emanuele. No tenemos a nadie que nos ayude, y tú estás siempre en la universidad. Además, creo que nuestros sueldos se quedarían cortos y a decir verdad...

Hasta el final no titubeó, como si la última frase se le hubiera escapado de los labios, como si no hubiera estado planeada.

—¿A decir verdad?

—Nosotros dos tampoco estamos muy bien.

Aparté el mantel individual con los restos de mi desayuno. No me había dado tiempo de preguntarme cómo me sentía ante la noticia, pero no se trataba de eso: con qué ligereza se me excluía de cualquier posibilidad real de influir en la decisión, con qué impetuosidad afirmaba Nora que, al fin y al cabo, llevábamos vidas independientes y separadas. Traté de contestar con serenidad:

—Nora, se decide si se tiene el primer hijo, no el segundo. Somos jóvenes, estamos bien, ¿qué justificación habría para una cosa así?

Reflexionó un momento.

—Que tenemos miedo. Mucho. Al menos yo.

—Creo que ya has tomado la decisión. Ni siquiera entiendo por qué me lo cuentas —repliqué, y esta vez la frase me salió sarcástica, llena de indignación.

Asintió sin mirarme, luego se levantó y se fue. Hizo todo lo posible para ocultarme su rostro y lo consiguió. Pero estoy casi seguro de que su resistencia se había agotado y se había puesto a llorar.

¡Ay, si nos hubiera visto Babette durante las semanas siguientes! Qué disgusto se habría llevado. Cuando Emanuele se acercaba a los tres años, la señora A. organizó una campaña personal para que le diéramos una hermanita (ni siquiera se planteaba la hipótesis de que tuviéramos otro varón): una serie de valoraciones pedagógicas triviales apuntaban a la existencia de una ventana temporal adecuada dentro de la que programar otro nacimiento.

—Espacio tenéis —decía, como si ése fuera el obstáculo principal.

Nosotros le tomábamos el pelo:

—¿No te basta con uno, Babette? Dentro de un tiempo, quizá. Quién sabe.

Y al instante cambiábamos de tema, con su consiguiente decepción. Lo que nunca se habría esperado, sin embargo, era que, ante un hecho consumado, Nora pudiera pensar en echarse atrás.

No obstante, la señora A. estaba más lejos de nosotros que nunca. Desde que la enfermedad se había precipitado, hacia mediados de julio, se había mudado a casa de su prima Marcella, donde viviría sus últimos cinco meses, la mayor parte del tiempo acostada en la mitad derecha de una cama de matrimonio que no era la suya. El cáncer había abierto otra brecha y había acabado por invadir el cerebro. Hablar por teléfono resultaba difícil, porque le fallaba la voz; para acceder a ella teníamos que superar un filtro ajeno, y para verla, solicitar un permiso y luego soportar una vigilancia constante.

Nora no lo reconocía entonces y no lo reconocería más adelante, pero estaba asustada, aterrorizada ante la posibilidad de tener que pasar un segundo embarazo en cama. Los meses de inmovilidad por Emanuele habían dejado una huella más profunda de lo que me había parecido, y ahora ya no tenía a la señora A. a su lado, sólo a un marido desconcertado del que, como comprendí aquel verano, no se fiaba lo suficiente. A partir de aquel día, los dos vaciamos sacos de resentimiento ocultos desde hacía mucho, en un crescendo penoso e imparable.

El retraso acabó resultando una falsa alarma, aunque a esas alturas ese detalle tenía ya poca importancia: sus consecuencias estaban presentes. Nuestra vida conyugal proseguía inalterada exteriormente, en manos de una sucesión de quehaceres, pero era como si orbitara en torno a un corazón agotado. Había visto a Nora afligida, angustiada o rabiosa, pero nunca apática, indiferente. Sin su vitalidad, el mundo volvía a ser el frío envoltorio en el que había vivido antes de conocerla. Hasta Emanuele, en ocasiones, se me antojaba ajeno.

—Esta noche podríamos ir a la pescadería, charlar un poco.

—Si quieres. Aunque no tengo mucha hambre.

—Vamos de todos modos.

Luego acabamos cenando como dos desconocidos. No éramos muy distintos de las parejas sin conversación que con frecuencia habíamos compadecido desde el pedestal de nuestra complicidad.

—¿Qué te pasa?

—Nada.

—Te veo triste.

—No estoy triste, es que estoy pensando.

—¿Y en qué piensas?

—¡En nada! ¡Nada de nada!

—Me asustas, ¿lo haces adrede?

Seguimos provocándonos, como si fuera la única forma de interrumpir un silencio para el que no estábamos preparados. No parecía que nada pudiera servirnos de ayuda: nos comportábamos con una estupidez tal que aquélla podría haber sido la primera crisis conyugal de la historia de la Humanidad.

Una pareja joven también puede agriarse: por inseguridad, por repetición, por soledad. Las metástasis brotan invisibles, y las nuestras llegaron pronto a la cama. Durante once semanas, las mismas en las que la señora A. fue perdiendo una a una las funciones elementales de su organismo, Nora y yo ni nos rozamos ni nos buscamos. Tumbados con una distancia de seguridad de por medio, nuestros cuerpos eran dos bloques de mármol inexpugnables.

En la duermevela, me atormentaba pensando en las noches en que su cuerpo estaba a mi disposición, igual que el mío a la suya, cuando podía acariciarla sin pedir permiso, por todas partes, por el cuello, alrededor de los pechos, por la dentada curva de la espina dorsal hasta llegar a las nalgas... Cuando se me permitía deslizar los dedos por debajo de cualquier elástico sin temor a molestarla y ella, aun adormecida, me devolvía mis atenciones con un estremecimiento involuntario. Ninguno de los dos eludía el sexo, nunca; a veces quedaba postergado incluso durante largos períodos por falta de situaciones propicias o de energías, pero si se daba la ocasión nunca poníamos trabas. Pasara lo que pasara, sabíamos que en nuestro dormitorio había un espacio incorrupto que nos aguardaba, un refugio de contactos furtivos y caricias.

Si nuestro cáncer también aspiraba a invadir el cerebro, había triunfado: con mi mujer a unos pocos centímetros, no sabía qué hacer para acercarme a ella. El recuerdo que tengo de aquellos días y aquellas noches, a pesar de que son recientes, está lleno de lagunas y contradicciones, plagado de resentimiento y de fantasías atroces en las que Nora me engañaba con alguien.

Lo que Galeno no explica con claridad es si los humores pueden mezclarse entre sí como las pinturas o si conviven separados como el aceite y el agua; no explica si el amarillo producido por el hígado, unido al rojo de la sangre, crea un nuevo temperamento naranja, ni si son posibles, mediante el contacto de las efusiones o incluso del sentimiento puro, los trasvases entre las personas, como si fuéramos vasos comunicantes. Durante un largo período creí que sí. Estaba seguro de que el plata de Nora y mi negro iban mezclándose poco a poco, y de que al final correría por los dos el mismo fluido metálico y brillante, de un color similar al de ciertas joyas bereberes antiguas (por eso, quizá, el primer regalo que le hice fue un brazalete de ese tipo, jaspeado de incisiones geométricas). Juntos, después, nos convencimos de que la linfa resplandeciente de la señora A. iba a añadir otro tono a la nuestra, de que iba a aumentar su densidad específica, para hacernos más fuertes.

Me equivocaba. Nos equivocábamos. A veces la vida se estrecha como un embudo, y la emulsión inicial de los humores empieza a producir estratos. La vitalidad de Nora y mi melancolía; la firmeza viscosa de la señora A. y el desorden etéreo de mi mujer; el nítido razonamiento matemático que yo había alimentado durante años y el pensamiento tosco de Babette: todos los elementos, a pesar de la asiduidad y el afecto, quedaban separados unos de otros. El cáncer de la señora A., un único coágulo infinitesimal de células pendencieras que se habían multiplicado sin descanso hasta hacerse visibles, había puesto de relieve la segregación. Éramos, a pesar de nuestras esperanzas, indisolubles el uno en la otra.

El ave del paraíso (II)

Hay aventuras cuyo epílogo está escrito desde el principio. ¿Es posible que alguien, incluida la señora A., pensara aunque tan sólo fuera durante un minuto que las cosas podrían haber salido de otra forma? ¿Mencionó alguien la palabra «curación» al referirse a ella y a su enfermedad? No, nunca. Como máximo decían que mejoraría, pero ni siquiera eso se lo creían. Su declive estaba ya contenido por completo en la sombra pulmonar impresa en la primera placa torácica. «Las historias de cáncer son todas iguales.» Tal vez sea así. Eso no quita que su vida fuera única, digna de un relato propio; su vida mereció la esperanza, hasta el ultimísimo instante, de que el destino pudiera reservarle una excepción, un tratamiento especial a cambio de los servicios prestados a tanta gente.

Después de los días que nos había tocado vivir durante el verano, Nora y yo no estábamos para pensar en nadie. Fue una de las primas de la señora A. la que nos llamó un día de finales de noviembre:

—Le gustaría que pasaran a verla. Creo que no durará mucho.

No sabíamos si era buena idea llevar a Emanuele. Yo opinaba que sí, que no tenía sentido privar a un niño de la visión del sufrimiento, y además era lo bastante mayor para soportarla, pero Nora no quería que la imagen de la señora A. moribunda borrase todas las demás.

Ella tenía razón. De Babette, enterrada bajo las muchas capas de mantas de aquella cama ajena, quedaba únicamente una silueta enflaquecida y gris. Había invadido el dormitorio un olor dulzón a medicamentos y a alguna otra cosa indefinible que, según descubrí cuando me incliné para rozarle la piel de la mejilla en una tímida imitación de un beso, salía de sus labios: olor a fermentación, como si su cuerpo ya hubiera empezado a morirse por dentro, órgano tras órgano. La luz era extraña, inestable, parecía casi ultraterrenal, tal vez por los elementos dorados que la reflejaban: la colcha, las cortinas semitransparentes, los tiradores de los armarios, los objetos de latón...

Nada más sentarse en el borde de la cama, Nora se echó a llorar. Volví a verlas entonces, nueve años después, en los mismos papeles del principio, sólo que intercambiados: la señora A. acostada y mi mujer a su lado. Trataba de abrocharle en la muñeca descarnada la pulsera que le habíamos comprado para que en su próximo viaje llevara un recuerdo de nosotros, pero le temblaban los dedos y se le escapaba el eslabón del cierre una y otra vez. También en aquella situación invertida fue la señora A. la que estuvo en disposición de ofrecer consuelo:

—No llores, Nora —pidió—. No llores. Durante un tiempo nos hicimos compañía...

Salí de la habitación y cerré la puerta. Las lágrimas de Nora habían derretido algo en mi interior, revelando una ternura que nunca había desaparecido, y en un momento tan trágico sentí que un inoportuno consuelo se apoderaba de mí. Le habíamos llevado también tulipanes blancos. No sólo porque eran sus flores preferidas, sino porque presentarnos con muchos regalos nos parecía una protección eficaz frente a las circunstancias. Su prima Marcella fue a buscar un jarrón, y me entretuve en colocar el ramo tras haber cortado la punta de los tallos. Me esforzaba por mantener una conversación con ella y así impedirle regresar a la habitación, porque me daba la sensación de que sólo quería estar ahí dentro para controlar la situación, no fuera a ser que su prima empezara a soltar confidencias inadecuadas a mi mujer, a la que yo, por mi parte, pretendía brindar todo el tiempo de intimidad que se merecía.

Al volver a entrar en el dormitorio, coloqué el jarrón en la mesilla de noche. Había una foto de Renato que ya había visto en alguna otra parte, tomada en invierno en el paseo marítimo de Sanremo. Quizá a la señora A. le bastaba con saber que él la esperaba para sacar esa fuerza que volvía a demostrar ahora, una fuerza que para manifestarse no necesitaba ni los huesos, ni la carne, ni la voz (su voz, por cierto, había cambiado de repente, había perdido una octava, y al salir raspaba contra algo).

—Bueno, cuídate mucho —le dije.

Me sonrió. Ya no hacía falta fingir, la muerte estaba presente, con nosotros, ocupaba la mitad vacía de la cama, pero esperaba con serenidad.

La señora A. seguía apretando la mano de Nora, o quizá era al revés.

—Protégela siempre —me pidió.

—Claro. Siempre —prometí.

Nora se volvió hacia mí como para decirme: «¿No ves lo fácil que es? ¿Por qué no has podido hacerlo antes?» Me acerqué y le di un beso en la frente.

—Ahora te dejamos descansar —le dije a la señora A.

Pero ya estaba medio adormecida.

A saber de dónde había sacado las energías necesarias para permanecer despierta durante aquellos pocos minutos, contra qué analgésicos y tranquilizantes había luchado, sólo para asegurarse el juramento de que Nora y yo íbamos a seguir cuidándonos el uno al otro.

Cuando la dejamos, dormía profundamente. Al salir eché un vistazo por la ventana. No me habría sorprendido distinguir, ante los bordados de las cortinas y el doble cristal, a un pájaro exótico posado en el alféizar, con plumas amarillas y azules, una larga cola blanca de algodón y los ojos oscuros, graves pero compasivos, clavados en todos nosotros.

• • •

Unos días después, Nora compra una sartén agujereada para asar castañas. El metal está reluciente, virgen, no tiene nada que ver con la sartén abollada y cubierta de óxido de Babette, que todos los años, en otoño, cumplía con el rito. Salía en busca de castañas por el bosque de detrás de su piso, las recogía todavía con su erizada envoltura y luego se presentaba en casa con ellas para tostarlas. Yo la ayudaba a abrirlas una a una, y aquella noche cenábamos castañas y leche endulzada con miel.

—No saldrán tan buenas como las suyas —dice Nora—. Son de supermercado. Pero podemos intentarlo.

Mientras contemplamos con cierto recelo cómo se dora la pulpa, me pide que le sirva una copa de vino.

—He pensado en cambiar a Emanuele de colegio —anuncia entonces.

—¿Ah, sí?

—El año que viene. Donde está ahora no lo valoran lo suficiente. No lo comprenden. Ella siempre lo decía. Además, arrancarle a un niño las hojas de su cuaderno no es justo.

—Las maestras arrancan hojas. Lo han hecho siempre.

—Hoy en día no. Hoy en día ya no se hace. —Se interrumpe para beber un sorbo de la copa, y luego me la ofrece—. Y también he pensado que, si no te renuevan el contrato, tampoco sería tan grave.

—Bueno, yo creo que sí.

—Podría ser una buena ocasión para irnos. Para probar, una temporada. Si tú aquí no estás a gusto, si

135

crees que hay mejores posibilidades, podemos hacerlo. Yo puedo seguir con mis proyectos a distancia, y si la cosa no funciona, no pasa nada. Me haré experta en castañas asadas. —Me pone una mano en el costado—. ¿Qué me dices?

—No lo sé. Me parecen muchas novedades juntas.

—No. Espera, ¿crees que ya están listas?

Una noche, durante la enfermedad, la señora A. soñó con Renato. No era habitual que la buscase en sueños. Sin embargo, en aquella ocasión apareció, de pie ante ella, elegante como siempre, pero con un extraño sombrero calado hasta las cejas, él, que no soportaba ponerse nada en la cabeza porque le picaba el cuero cabelludo. Llevaba las manos hundidas en los bolsillos del abrigo, y sin sacarlas la invitó dulcemente a seguirlo:

—Ven, ha llegado el momento.

La señora A. tenía miedo de que escondiera algo peligroso en los bolsillos y por eso le pidió que le enseñara las palmas de las manos. Renato no le hizo caso.

—Vámonos, es tarde —repetía.

—No quiero, todavía no. ¡Vete!

La señora A. se echó hacia atrás. Renato agachó la cabeza, disgustado. Se dio la vuelta, y la oscuridad lo engulló por completo.

Aquella noche Babette echó a su marido, a pesar del amor que sentía por él: es un buen ejemplo de su extraordinario apego a la vida.

136

Durante el mismo período, yo también tuve un sueño. Estaba en un aparcamiento subterráneo y desierto. En mitad del asfalto, en una grieta, había crecido lo que parecía un simple matojo. Al acercarme para mirarlo, descubrí que en realidad era la parte superior de la copa majestuosa de un árbol cuyo tronco se alargaba muchos metros hacia abajo, hasta el punto de que no podía distinguirse la base. Una vez despierto, pude asociar aquella imagen con la señora A. No obstante, ya no tuve oportunidad de decírselo.

Babette pertenecía a esas especies de arbustos cuyas raíces se asoman por las hendiduras de las paredes, por los bordillos de las aceras, a esas plantas trepadoras a las que les basta una grieta de escasos centímetros a la que aferrarse para cubrir la fachada de un edificio. Era una hierba común, pero de las más nobles. De hecho, los errores que cometió en los últimos meses de su existencia (el precipitado hundimiento, no haber preparado nada para el futuro infinito que iba a llegar tras ella, el desconcierto) fueron probablemente errores inevitables. No hay espacio para pensar en la muerte cuando se derrocha vida de esa forma, lo vi en ella y lo veo a diario en Nora. Sólo quienes son capaces de soltarse, quienes lo han hecho al menos una vez, piensan en la muerte, y puede que ni siquiera sea un pensamiento, sino algo más parecido a un recuerdo.

Sin embargo, sí fue capaz de prever algo: la señora A. se aseguró un sitio junto a la tumba de su marido. Hubo un momento, quizá una tarde, en que decidió ir caminando hasta el cementerio del pueblo aferrada a su bolso negro, del que después sacó el dinero en efectivo para pagar el lecho de tierra que iba a acogerla. No sé si eso sucedió antes o después de la aparición del cáncer, pero estoy convencido de que tampoco en aquella ocasión la alentó el aguijón de la muerte, sino el amor por Renato. No habría soportado pasar otra eternidad lejos de él.

—Nosotros también tendríamos que pensarlo —dije a Nora cuando cruzábamos la verja del cementerio. Lo solté como si fuera una broma, pero hablaba en serio.

—Siempre has dicho que quieres que te incineren.

—A lo mejor estoy cambiando de opinión.

Frunció los labios maliciosamente, como insinuando que iba a pensarse bien eso de tenerme al lado durante tanto tiempo. Luego miró a su alrededor con aire perdido.

—¿Cómo vamos a encontrarla? —preguntó.

Como el día del entierro no habíamos seguido el cortejo, no sabíamos dónde estaba su tumba. Una de las primas había dado a Nora unas indicaciones aproximadas que, pasadas por el filtro de su escaso sentido de la orientación, habían acabado siendo completamente vagas.

—Antes has dicho que al fondo. Vamos a probar por ahí.

Nos repartimos los pasillos, como si fuéramos en busca de un tesoro. Y, en parte, de eso se trataba.

Fue Emanuele quien finalmente dio con ella.

—¡Venid! Está aquí —gritó.

Le ordenamos bajar la voz, porque en aquel sitio no era de buena educación ponerse a soltar gritos.

—Pero si estamos al aire libre... —protestó.

Se movía entre los difuntos con más soltura que nosotros. Más tarde se me ocurrió que ellos no podían sino haberse alegrado de oír la voz clara de nuestro hijo, «una voz de cantante», como decía ella.

La larga losa de mármol blanco estaba limpia, la había lavado la lluvia o alguien que había pasado por allí no hacía mucho. Emanuele se subió encima. Nora estuvo a punto de impedírselo, pero la detuve: la señora A. se lo habría permitido. Acarició su fotografía en color y escudriñó con recelo la de Renato, a su lado.

—Hola —la saludó.

Se tumbó sobre el mármol, boca abajo, y se quedó a la escucha con una oreja pegada a la piedra durante un buen rato. Hablaba con ella mentalmente, creo, porque movía los labios, aunque casi de forma imperceptible. Luego se arrodilló y soltó un suspiro, un suspiro extraño y algo afectado, de adulto.

Y, al final, pronunció su nombre en voz alta:

—Anna.